魔法飛行

加納朋子

夢と幸福と小さな謎と。
この作品は、私の原点です。

加納朋子

魔法飛行・目次

——寫給尚未遇見的某人——

一……秋天的叮叮聲

瀨尾先生：

仔細想想，這是我第一次給你「本人」寫信呢，感覺好奇怪。而且我多半會親手將這封信交給你，所以感覺更奇怪了。總之請你把這封信當成故事的序文吧。說是這麼說，其實也沒什麼特別的啦，只是有幾件事想要先向你確認。

關於你上次跟我說的話，你是認真的嗎？當我不經意地說出「我要不要也來寫故事呢？」，你很輕鬆地回答「妳就寫寫看啊」。

後來我囉哩囉嗦地講了一大堆，幻想這會是多麼美妙的事，但我其實覺得自己可能……不，絕對做不到。

「妳又還沒做，怎麼會知道？」

我想一定會有人這樣反駁吧，所以請容我以自白來代替回答：「我早就寫過很多次了，可是每次都遭到挫折，寫到一半就放棄了。」

後來我仔細地反省過，該說是自我分析還是自我開脫呢，內容沒必要在這裡全部寫出來，簡單說，不管我寫出怎樣的故事，總覺得都有人寫過了。最後我對你說：「世上已經有這麼多故事，我怎麼可能再想出新的故事呢？」

你不置可否，而是微笑著說：「故事又不是非得無中生有。妳可以把事情想得簡單一點，就像是寫信報告近況，這種方式或許更適合妳。」

我當時只是笑著敷衍過去，但回家以後，我認真地思考過，覺得自己用這種方式或許真的寫得出來。如果只是把現實生活發生的事情如實地寫下來，或許我真的做得到。

但我還是有點擔心，用這種類似小學生寫作文的方法，能寫出像樣的故事嗎？總之我還是先試試看吧。這件事是你提議的，所以你應該會負起責任幫我看完吧？

（到底會寫出怎樣的東西呢？）

好啦，既然要寫故事，就得有個主題吧。還得決定時間、背景、角色。要說我最熟悉的場所，那當然是學校。至於角色嘛，應該是我自己和我親愛的朋友們。在思考這些事的時候，我已經想到了幾件可以寫的事。

最近學校裡發生了一些怪事，我就把其中一件寫出來看看吧。

我的第一篇作品講的是擁有好幾個名字的女孩。

（怎樣？開始感興趣了吧？）

1

（我第一次見到她時，她佇立在風中。）

十月的風有一股淡淡的清香，因為夾帶了某處飄來的桂花香。此時桂花還是又小又硬的花苞，卻能夠為十月的風增添甜美的香氣。想到即將開出的金色花朵，我的心就因滿懷期待而顫動。

在這透明的氣流之中，長髮輕柔地飛揚著。

那個女孩一臉認真地看著學校大門旁邊的布告欄。我從她身邊經過時偷偷瞄了一下，上面並沒有特別吸引人的告示，全是些停車場使用規範、課程時間表、社團招生資訊之類的東西。

更讓我感興趣的是那位專心看布告欄的女學生，主要是因為她的外表十分出色，就算說她長得像小仙子也不為過。她有一雙尾端上揚的細長眼睛、稍微揚起的鼻尖、尖尖的下巴，還有晶瑩剔透的白皙肌膚。

我心想，這女孩好像一個漂亮的洋娃娃。

她的相貌令人驚豔，而她的服裝更是鮮明搶眼。她穿著一件稍微偏紅的深紫色長外套，風一吹來，下襬就輕盈地飄盪。外套之中露出了茜紅色的襯衫，和深色的外套相比顯得格外鮮豔。那亮眼的茜紅色在腰部以下被墨色取代，細長的雙腿被包覆在合身的黑長褲裡。點綴她雙腳的是大紅色的高跟鞋，明亮的紅褐色大波浪長髮垂到腰間。

我只是無意識地盯著她看，但可能是我的目光太直接了，她突然轉過來，凶巴巴地瞪著我。她平時一定常常用這種凶狠的眼神回敬別人無禮的目光（尤其是異性）。

我被瞪得有些畏懼，連忙走進校舍。

2

「小駒，早啊！」

小愛在鞋櫃前向我揮手。我一邊打招呼一邊走過去，看見公主殿下正在拿課本。我不經意地望向她的鞋櫃，發現裡面塞滿了各種科目的課本，儼然是一個書櫃。

「提著一大袋沉甸甸的課本上學太難看了。」

小愛真心這麼認為，所以她只把今天要用的幾本課本用紅色綁書帶捆在一起，灑脫地漫步在校園裡。這大概就是所謂的時尚吧。如果我也用綁書帶提著從圖書館借來的精裝本、課本、字典，看起來一定很像要把舊書送去資源回收。真是差太多了。

說到差太多，小愛真是我見過最表裡不一的人。她有著傳統女性的溫婉外表，看起來弱質纖纖。我們再過兩年才要舉行成人式，但我聽說已經有很多人在期待小愛穿振袖和服的美麗儀態了。我也覺得她穿起傳統服裝一定很可愛。

雖然小愛的外表楚楚動人，但她的個性完全相反於周遭人們的期待，沒有半點傳統女性的特質。她非常喜新厭舊，時不時就會表現出富家千金的任性，卻又很愛斤斤計較，還會漫不在乎地做出一些嚇壞大家的行為，可是她不管做什麼都很可愛，這就叫作得天獨厚吧。

「嘿，小駒。」

小愛磅的一聲關上鞋櫃，對我說道。

「聽說妳最近終於考到駕照了。」

她若無其事地加上「終於」二字，這確實很有她的風格。我板著臉點頭回答：

「是啊，在九月初。」

如今想想，這真是一段漫長的歷程。我剛決定考駕照時，有個朋友說過「駕駛技術和運動神經無關」，所以我後來好幾次罵她是「大騙子」，其實那只是在遷怒。她無奈地聳著肩說：

「這真的和運動神經無關啊，純粹是妳駕駛技術不好吧。」

正常人的婉轉，以及日本人的客套，在這朋友的身上都看不到。這位朋友前陣子隨口向我問起：

「妳考到駕照之後真的有在用嗎？」

我挺著胸回答：

「當然有啊，像是拿去租片，或是去圖書館辦借書證，經常派上用場呢。」

這位朋友——阿蛋——聽了就說「妳一輩子都這樣過下去吧」。但我此時此刻真的覺得這樣比較好，無論是對自己、對他人，或是對全世界。

好啦，言歸正傳。

「是啊，在九月初。」

我點頭回答，小愛可愛地歪著腦袋，像是在沉思。

「那麼下次開我家的車出去兜風吧。」

她毫無預警地丟出這句震撼彈一般的發言。或許會有人說我太誇張，但是小愛家裡的車可都是有著真皮座椅、或是方向盤在左側的那種耶（註1）。

1　日本是靠左行駛，所以日本車的駕駛座通常在右側。

「妳的意思是叫我開車嗎？」
「是啊，我又沒有駕照。」
小愛很爽快地回答。在她的心中，女人就該坐在副駕駛座，而不是握著方向盤。
「妳覺得箱根怎麼樣？」
小愛帶著天真的微笑說道。
「什麼怎麼樣……我可不敢保證人車平安喔，這樣真的可以嗎？」
我嚴肅地反問。
「妳們在談什麼可怕的話題啊？」
背後傳來了帶著笑意的聲音。
「富美，早啊。」
我們兩人一起轉頭，異口同聲地打招呼。富美那有著雙眼皮的眼睛交互看看我們，然後笑了出來。我大概猜得到她在想什麼。在富美的眼中，我和小愛十分相似，雖然我們的個性天差地遠。
她說我們兩個「一樣不知世間險惡，天真單純，卻又很頑強」。我聽了當然覺得「別把我們兩人相提並論」（最後一點倒是無所謂），但我也明白，我和小愛的個性看在富美的眼中一定很孩子氣。

富美是個認真踏實的人，她有自己的理想和目標，總是朝著目標堅定地邁進。所以我有時會覺得富美太耀眼，光是待在她的身邊都會讓我感到自慚形穢，但我的目光又會忍不住追隨她的身影，渴望自己也能變得跟她一樣。仔細想想，這樣的自己還真可悲。

富美是我理想的範本，我好比嚮往著天空的飛魚，而富美則是純白的海鷗。

「妳還是老樣子呢，真不知該說妳有膽識還是少根筋。」

富美搖曳著烏黑短髮，輕輕地聳著肩膀說。她用這句話代替了打招呼。她說「少根筋」，應該是聽見了小愛和我的「箱根兜風計畫」吧。這話說得一點都沒錯，所以我點頭附和，但小愛不悅地噘起嘴巴說「為什麼嘛～」，拖長的尾音帶著一絲撒嬌的意味。富美笑著說：

「妳們一定還不知道箱根公路的可怕吧。」

「哪裡可怕了？」我問道。

「箱根的山路自古以來就很難走，那裡可是會讓駕駛哭出來的險境喔，一路上充滿了坡道和彎道，而且比爬坡更可怕的是下坡。妳也知道吧，煞車使用過度就會漸漸失效。」

「那個叫作熱衰竭現象。」我得意洋洋地插嘴。「如果長時間行駛下坡路段，煞車使用過度，煞車鼓之類的零件就會過熱，導致煞車失靈。」

「是是是，妳真是萬事通。」

她調侃著我說。

「我最擅長的就是背書。」

聽到我的自吹自擂，富美點著頭說「確實是這樣」，然後轉頭對小愛說：

「我跟妳說，這個人很奸詐耶，她期中考英語竟然拿了九十分。」

「太厲害了吧，我的德語才拿了五十八分。」

也只有小愛才會這麼坦然地說出自己的分數。

「我的法語也考得一塌糊塗。」富美說道。

我們學校的外語課總共有英語、德語、法語三種，小愛基於好奇心而選擇了德語，富美因為對法國文學有興趣而選擇了法語。經過一個學期，小愛學到了像咒語一樣的「der、des、dem、den」（註2），而富美學會了幾首法語兒歌。短期大學的外語課頂多只有這種水準，要是有哪個學生只聽了一年的課就能說出流利的外語，絕對會被當成外星人。

至於我嘛，看到三門外語擺在面前時，我毫不猶豫地選擇了英語。畢竟我在國中高中學了六年的英語，日常會話還是說得顛三倒四，怎麼可能再去學德語或法

2 德語定冠詞的變化規律。

語呢？除此之外，其實還有個狡詐的考量，或者該說是現實的考量，那就是英文系學生選外語課的時候當然不能選擇英語。

果不其然，小愛和富美的班上多半是（想必）擅長外語的英文系學生，因此她們競爭得非常辛苦。而我的英語課充滿了英數白痴（這和數學無關就是了），因此我可以哼著歌、輕輕鬆鬆地修這門不拿手的英語課。

不過富美說的「狡猾」並不是指這件事。我在期中考前只看了威廉・薩洛揚的英文小說兩三次，其餘的所有精力都用來背誦從圖書館借來的翻譯版。對我來說，這真是偷雞摸狗的學習態度。被複雜難解的法語單字搞得焦頭爛額的富美在一旁看到了，很不以為然地說「妳到底在搞什麼啊？」。到了考試時，果真不出我所料，考題有七成是翻譯題。

「做學問果然很容易走上歪路。」

富美看到我因傲人的成績而志得意滿時，就像看到不肖弟子的老師一樣地說道。

「我問妳喔。」一直在沉思的小愛突然開口。「箱根公鹿有什麼可怕的？會咬人嗎？」

我們又不是要去打獵。這個人到底在問什麼啊？連富美都露出了苦笑。

「不是頭上有角的那種鹿，而是收費公路，箱根公路上到處都是陡峭的坡道和連續彎道。妳不會開車，大概沒辦法想像吧，行駛在那種路段會不自覺地一直踩煞車減速，而小駒剛才也說過，如果煞車踩得太多……」

「熱衰竭現象。」

我忍不住插嘴，結果被富美瞪了一眼。

「……總之這麼一來就會導致煞車失靈。那是非常可怕的唷。」

「為了避免這種情況，必須盡量少踩煞車，最好的辦法就是油門和煞車都不要碰，速度自然會降低。這就是所謂的引擎煞車。」

「既然妳已經把課本背得滾瓜爛熟了，應該有辦法平安回來吧。」

富美的語氣與其說是調侃，更像是佩服。

「唔……我想光靠死背還是行不通吧。」

「因為理論不等於實踐嗎？」

「那也是理由之一，更嚴重的是死背的東西很快就會忘記，而且是忘得一乾二淨。考上駕照才過了一個月，我已經不太記得油門和煞車的位置了，儀表也不太記得要怎麼看，換檔的方式也……」

「妳聽到了吧？」富美用誇張的動作轉身對小愛說。「千萬別找她去箱根兜風，否則妳們就要一起葬身谷底了。」

「可是，如果在下坡時真的煞車失靈了，該怎麼辦呢？」

小愛很正經地問道。

「箱根經常發生這種事，所以路邊都會有應急的沙堆。」

「沙堆？」

「只要往沙堆衝撞，車子就會停下來了。」

「那樣不是會扭傷脖子嗎？」

小愛驚訝地睜大眼睛。

「那就看妳要選擇扭傷脖子還是翻下山崖了。」

富美用稀鬆平常的語氣說道，接著她驚慌地看了看手錶。

「哎呀，光顧著跟妳們胡扯，第一堂課都快開始了。」

「妳是哪一間教室？」

「二二〇二。和小愛一樣。」

「我是一一〇一。那我們要含淚揮別了。今天真是寂寞的一天。」

我們學校的教室號碼都是四位數，第一個數字代表哪棟樓。富美她們要去的是二號館二樓的第二教室，我要去的則是一號館一樓的第一教室。

「哪有這麼誇張？中午就能見面了啊。」

富美輕抬右手，然後轉身離去，小愛也揮著手對我說「再見囉」。

好啦，我也得快點走。我轉了個方向，正要離開鞋櫃，突然有個東西從我的鼻尖飛過，打中垃圾桶的邊緣，發出匡噹匡噹的聲音落在地上。我頓時愣住，然後彎腰撿起腳邊的東西。那是果汁的空罐，開口還沾了些鮮豔的口紅。

「哎呀，不好意思。」

有個學生屈起一隻腳，用粗魯的坐姿坐在鞋櫃後面的長椅上。我有些意外，她就是剛才站在布告欄前的女孩。女孩板著臉補充一句：

「我不知道那裡有人。」

她的語氣聽起來就像在說謊，更何況我們剛才三個人聊得那麼大聲，她怎麼可能沒聽到？說不定她根本一直坐在那裡聽我們說話。

我默默地把手上的空罐丟進垃圾桶。匡啷一聲。我又瞄了對方一眼，她露出淺笑說「謝啦」。

就算我再怎麼遲鈍，也不可能看不出她那顯而易見的嘲弄神情。她的微笑並沒有讓人感到親切，反而像是刻意用來刺激對方的挑釁笑容。

我勉強把視線從她的身上拉開，轉身離去。胃裡感覺好不舒服，像是吞下了石塊。

真是的，為什麼這點小事就能讓我情緒低落啊？我自己也知道，根本不需要把這件事放在心上，她又沒有對我做什麼，只不過是掉了個空罐，我撿起來，對方說了一兩句話……不過就是這點小事嘛。如果要跟人解釋我為何心情不好，別人一定無法理解，換成是富美才不會把這種小事看在眼裡，而小愛恐怕一開始就不會撿起空罐。

我一邊走著，一邊忍不住嘆氣。難怪我會被富美說是孩子氣。

剛才那個女孩一定還有很多優點。我又開始回想那個女孩的模樣。光看外表就能找出她的優點，因為她長得很漂亮。依照阿蛋的說法，長得漂亮就是一項難能可貴的美德（阿蛋和我一樣是美麗事物的狂熱信徒）。

接著我又補充一點：那女孩很有個性。這不也是一項優點嗎？想到她的服裝配色——茜紅色、深紫色、黑色的層次——我突然有一種似曾相識的感覺。直到開門走進教室時，我才想起來，於是恍然大悟地點頭。

那是傍晚天空的顏色。

3

一走進教室，上課鐘就響了。

我趕緊找尋空位。老師還沒來。

一一〇一教室是全校最大的教室，全部坐滿可以容納兩百人以上。座位以講臺為中心呈扇形排列，越後面的座位越高，有點像表演廳。期中考有好幾科是在這裡考的，我當時還很擔心座位的設置會讓我不小心看到前排同學的答案紙，後來才發現這只是杞人憂天，因為大學的考試完全不像小學的考試。

好比說，現代詩論的題目卷上只印了一行字：

『試論與詩相對的散文和與韻文相對的散文有何不同。』

考場內靜悄悄的，連鉛筆劃過紙張的聲音都幾乎聽不見。就算能看到其他學生絞盡腦汁想出來的答案，我也不確定那人是否寫對了，唯一知道的恐怕只有出題老師吧。

閒話就不扯了，我在這間出奇寬敞的大教室裡到處張望，最後選了一個比較後面的靠走道座位。學生們嘈雜的說話聲在高聳的天花板、大片的窗戶、堅硬的地板之間嗡嗡迴響。常言道三個女人等於一個菜市場，女孩子就是這麼活潑、這麼多事、這麼聒譟。我自己當然也不例外，所以我也沒有資格自命清高地指責別人。

可是自己一個人待在這種環境，用全身感受著這高亢的說話聲和嘻笑聲的洪流，讓我覺得幾乎快要溺斃。

我無意識地摀住雙耳，就像自閉症的兒童經常做的動作。上百個學生一起說話的聲音好像變成了高空的風聲，傳到水面就成了浪濤聲，而我就像一隻潛在深海之下的貝類。我把按在耳上的雙手時而壓緊時而放開，聲音像是起伏的海潮，有時大聲有時小聲。

突然間，所有聲音都靜止了，我疑惑地抬起頭來，看見老師已經站在講臺上。翻開課本、拿出文具的聲音就像油滴在水面上逐漸擴散開來。

老師一臉認真地向全班同學打招呼，但我的注意力卻被其他東西吸引過去。背後傳來喀啦一聲，我回頭一看，有人拉開了後面的門。是個遲到的學生。我不知為何突然覺得「喔喔，果然是她」。又是那個女孩。

有時明明不是刻意的，卻總是看到同一個人（或是同樣的東西），這種情況還挺常見的。

我以前碰過一次「黑貓日」。一大清早走出家門，就看到有隻黑貓從眼前經過，據說這是不祥的徵兆，但我沒有放在心上，還是若無其事地繼續走。在上學途中又遇見兩隻黑貓，讓我有些意外。那一天我剛好看了愛倫坡的小說，裡面當然也收錄了《黑貓》這則故事。回家的時候沒有遇見任何顏色的貓，但晚上看到電視上在播「魔女宅急便」，看到一半我才想到，喔，裡面也有黑貓。

那或許只是微不足道的巧合，但是遇見同一個人三次（而且是在很短的時間內），自然會對這個人產生興趣。全校學生將近一千人，大部分的人我都不認識，但其中的一個人某天卻不斷地出現在我面前。我開始對這個人產生了興趣。總覺得挺有趣的。

這位「穿茜紅色襯衫的長髮女孩」（這個稱呼太冗長了，以下都叫她「小茜」

吧。）不像一般遲到的學生那樣縮頭縮腦、躡手躡腳地走進來，反而挺直腰桿地觀望著教室，接著慢慢走向我座位旁的通道。她的高跟鞋在地上敲出響亮的喀喀聲，旁邊有幾個人也轉過頭去看她，但她面無表情地走過我身邊，在我的前一排坐下來。老師似乎也瞄著已經就座的小茜，卻沒有說什麼。

我呆呆地看著她的背影。黯淡無光的紅褐色頭髮在她的背後勾勒出波浪狀，長到幾乎拖地。

學生的笑聲突然如波浪一般湧來，大概是老師說了什麼笑話吧。沒聽到那些話的我就像落在池塘的樹葉，被笑聲排除在外。我望向一動也不動的小茜，我感覺她也沒有笑。

小茜從黑色束口袋裡拿出筆記本和黑色自動鉛筆，那些都是可以在校內買到的東西。咔嚓咔嚓的聲音傳來，讓我聯想到時鐘的秒針，其實那是小茜在按自動鉛筆的聲音。

前方傳來了點名表。我們學校記錄出缺席的方法有兩種，第一種方法很簡單，只是在細長的紙條上登記姓名和學號。雖說simple is best（簡單最好），但這種方式很容易引發一些奇怪的現象，譬如寫在紙上的名字比實際出席的人數更多。

第二種方法是被稱為「出席卡」的小紙片，但是這種方法也經常造成異常現象。助教明明算好了人數才發下紙片，但幾乎每一次都會聽到最後一排的學生大喊「沒拿到」，所以助教只能皺著眉頭再補上幾張。是不是有心懷不軌的學生偷偷藏了兩三張呢？這真是個無解的謎題。

後來這些出席卡被拿去複製，課堂上出現了大量的「偽出席卡」，因此校方認為有必要採取防範措施。不知從何時開始，發下出席卡之前，會先用油性筆在疊起的卡片邊緣畫一條粗線，這條線的位置經常改變，所以如果線出現在卡片的不同位置，或是卡片上沒有黑線，一眼就能看出來。這確實是個妙計，不過沒多久就被學生看穿了。要偽造這種記號太簡單了，所以校方又氣急敗壞地用不同顏色的油性筆來應對，結果學生便開始隨身攜帶五色筆。

這就叫作「道高一尺，魔高一丈」。站在旁觀者的角度來看，也只能聳肩嘆氣了。

言歸正傳。轉過頭來的小茜拿在纖纖玉手上的不是卡片，而是細長的紙條，但是那張紙在她和我之間的半空停留了數秒。她用拇指和食指用力捏住紙條，好像不想交給我。我並沒有跟她搶的意思，但我們的動作看起來就像用紙條在拔河。

我莫名其妙地望向對方，而她還是維持著一貫的撲克臉，突然放開紙條，轉了回去。我看著下垂的紙條，尋思剛才究竟發生了什麼事。那是一時興起的欺負行為？或者只是在跟我玩？我實在搞不懂。

前排的女孩歪著脖子，像是很認真地在聽課。白皙的手臂一度抬起，撥了撥頭髮，一陣清香隨之飄來。應該是來自她擦的香水。

我忐忑不安地猛按自動鉛筆，按出來的卻都是斷掉的筆心。不管怎樣，得快點把出席表傳下去才行。

那張細長的紙條上寫了十來個名字。這種基礎科目的有趣之處就在於成員的龐雜，這個班上有四個科系的學生混在一起聽課，絕大多數是一年級的，而二年級的也不少。

想也知道，寫在出席表上的名字我一個都不認識。我看著紙條最下面、最後一個人的簽名，那裡用圓滾滾的少女字體寫著「井上美佐子」，再看看學號，原來她是英文系的一年級學生。我有些意外，看她的外表那麼成熟，我還以為她一定比我年長（其實同屆也不見得同年齡）。

（原來「小茜」的名字是「井上美佐子」啊。）

我愣愣地想著。虧我還幫她取了綽號，結果沒有多久就要作廢了。

我在心底默默地咂著舌，遺憾地想著「真想繼續用我取的可愛名字來稱呼她」。

比起「井上美佐子」，我覺得「小茜」這個名字更適合她。

連我自己都不太理解這是怎樣的心情。

4

我這一學期的課程表最悠閒的就是星期三了。上午會在這裡連上兩堂基礎科目，所以用不著換教室，只要一直坐在同樣的位置上就好了，真是輕鬆又省事。

第一堂課提早五分鐘結束。大批學生湧向門口，就像浴缸拔了塞子，形成一陣混亂的漩渦。教室內的喧譁逐漸消退，然後安靜得出奇。這是在下一堂課的學生湧入前的短暫寧靜。

留下來聽下一堂課的人用十隻手指就數得完，其中也包括那個紅頭髮的女孩。我百無聊賴地想著，用手指來比喻的話，她應該是最具攻擊性的食指吧。為什麼她會那麼劍拔弩張呢？如果她只是因為我早上盯著她看而對我生氣，那全世界一定沒有半個人能讓她看得順眼吧。

在這十九年的歲月中，我一直認為打扮誇張的人都喜歡引人注目，難道我誤會了嗎？或許事情沒有我想像得那麼簡單。

「妳真的很單純耶。」

阿蛋常常這樣說我，我聽了就不高興。話說回來，會因為這樣而生氣就表示我真的很單純吧。

在我胡思亂想時，下課鐘和上課鐘都敲過了，我回過神來，就發現自己又被

第一堂課見識過的場景包圍了。全班的學生都在聊天嬉鬧，和第一堂課一模一樣……但是製造出相同氣氛的卻是和剛才不同的一批人。

這件事想想還挺奇妙的。

老師的身影出現在講臺上，學生們紛紛翻開課本，準備文具。和先前一樣的出席表又發到了最前排，接著傳到第二排、第三排。

情況跟先前如出一轍，彷彿是依照固定程序舉行的神聖儀式。這就像粗糙的石塊，嚴格來說每一塊都是不同的石塊，但大致上還是相同的模樣，這些石塊堆在一起，形成更大的石塊，稱為一天，然後由一天累積成一週，又由一週累積成一個月。

日常生活就是這樣逐漸堆砌而成的。

細長的紙條傳到了我前方那一排，那女孩接過紙條，趴在桌上迅速地寫完，然後轉過身來。她一看見我，長睫毛就眨了幾下，那個眼神像是在說「又是妳啊？」。

（我又不是自願一直坐在妳後面的。）

我忍不住在心中辯解，自己都覺得有點可悲。

她白皙的臉上浮現了難以言喻的表情，隨手把紙條丟在我的面前，然後又轉了回去，就像在風中翻轉的落葉。我想要點頭示意都來不及，其實我也不確定自己是不是真的想這麼做。我不知該如何反應，只是呆呆地望著她丟下的紙條。

這時我發現了一件奇怪的事。

如同堆著方形石塊的地方摻雜了一顆圓滾滾的石頭——用剛才的比喻來表達的話就像這樣吧。

那女孩的名字變了。

和第一堂課出席表上的名字是相同的渾圓字體，但是到了第二堂課卻變了個名字。

她的新名字是「田川惠理」。

從學號來看，她和我讀的是相同科系，但是代表入學年份的數字似乎被手抹糊了，無法分辨是一年級還是二年級。

當然，比起名字改變這麼嚴重的問題，學年和科系根本算不了什麼。

《清秀佳人》裡面有這麼一句對白：『如果把玫瑰的名字改成薊花或高麗菜，聞起來一定沒有原本那麼香。』我對此深有同感。名字確實是有影響力的。

身邊的人會叫我入江小姐、駒子同學、小駒，還有炒芝麻，家人則是叫我駒子、駒（聽起來像是寵物的名字），或是二姊、姊姊。聽到這些稱呼時我都會回答「是」，於是我便成了「入江駒子」這個人。

像這樣全部數過一遍，我才發現自己的稱呼還不少，但這些稱呼都建立在相同的基礎上，「入江駒子」這個大前提是不會改變的。

可是「井上美佐子」和「田川惠理」卻不在相同的基礎上。

假名、改名、筆名、藝名……這一連串的詞彙從我的腦海掠過。擁有兩個名字，還能視情況自由地更換，我光用想的就覺得愉快，但我也知道這種想法很不切實際。

然而出席表上卻出現了兩個不同的名字。

為什麼學生們要拚死拚活地和助教打這種「出席戰爭」呢？我更不明白的是，為什麼要有出席表呢？學生就算沒有出席還是想把名字寫在上面的理由究竟是什麼？

雖然我平時不會意識到這些事（或者只是假裝沒意識到），但我無法否認：在學生的生活之中，最基本的目標就是拿到出席時數。個性灑脫的人或許不會這樣想，但一般學生應該很難不在意吧。

我愣愣地看著小茜（現在也只能這樣稱呼她了）披垂在我面前的紅頭髮。

從某個角度來看，擁有兩個名字比沒有名字更不自然。

我在一大早第一次看見她時，只覺得她是個凶巴巴的漂亮女生；第二次見到她時，我覺得她驕傲又壞心；到了第三次，我雖然有些怕她，卻不由自主地被她吸引。

如今她又變成了無法解釋的謎題。

5

「……說到條件反射，我就想起一件事。這是題外話，不需要抄筆記。」

老師做了這樣的開場白，然後露出輕鬆的微笑。

「大家知道第一個上太空的是什麼生物嗎？那是載人航太技術還沒研發成功的時候。獲得世界第一的榮譽，或者該說是被賦予這種榮譽的，是一隻叫作萊卡的蘇聯太空犬。這隻狗搭乘著重達五百公斤的人造衛星史普尼克二號升上太空，但是這個人工衛星沒有返航系統，所以萊卡不能再回到地球。」

老師說到這裡停頓了一下，令我緊張得屏息。

「萊卡在地球上接受過條件反射的訓練，就是餵食之前都會先搖鈴。人造衛星只攜帶了一週的氧氣量，而萊卡最後的一餐裡面加了安眠藥和毒藥。」

最後老師又加上一句「聽說是這樣啦，是不是真的我就不知道了」。接著老師又繼續教課，但我的思緒一直停留在史普尼克二號，還在筆記本的角落寫下萊卡的名字。牠既是第一隻上太空的生物，也是太空探險的第一號犧牲者。我恍惚地想像著那隻狗最後一週的生活。

黑暗的宇宙之中發出叮叮的鈴聲，狗順從地吃起人類準備的糧食。牠想必不需要等太久。吃完之後該怎麼辦呢？睡覺嗎？沉沉地、沉沉地入眠。牠會夢見地球嗎？鈴聲又叮叮地響起。一再重複。萊卡在生命的盡頭究竟聽見了幾次鈴聲呢……

我不停地想著這些事。

四周突然發出熱烈的歡呼聲，嚇得我猛然抬頭。還有人在鼓掌。看大家紛紛把課本塞進包包，可以想見一定是老師提早讓大家下課了。好像沒有一個學生覺得課堂太早結束很可惜，畢竟現在離規定的下課時間還有二十分鐘，午休前的二十分鐘比什麼都寶貴。

我也急忙將課本和筆記收進包包。總是人擠人的學生餐廳現在一定很空曠。

老實說，這時我的心思全都被延長二十分鐘的午餐時間占據了，至於小茜和那些奇怪的事，已經被我忘得一乾二淨，即使我整個上午都被她的事情糾纏得幾乎窒息。

對我來說，小茜這個人太超現實了，她全身上下沒有一個地方是我能理解的，而吃飯和餓肚子這些事毫無疑問是我的現實生活，我能迅速地轉換心情或許就是因為這樣。

所以當小茜突然轉頭對我說話時，真是把我嚇了一大跳。

「喂，我問妳。」

她說道。我頓時呆住。

「妳現在要去哪？」

「還能去哪……當然是學生餐廳啊，都快要中午了。」

為什麼她會這樣問我呢？我詫異地回答之後，她說出了我意想不到的提議。

「喔，那要不要一起去？」

「啊？」

「不要的話就算了。」

她回應得非常快，彷彿要制止我說下去。或許是我多心吧，總覺得她白皙的臉上微微地泛著紅暈。

「我沒說不要啊……那就一起去吧。」

我努力對她露出微笑，但我的笑容一定僵硬得像機器人。她究竟在想什麼？她期待的是什麼？我完全猜不透她的心思，所以自然有些戒備。

另一方面，這個意外的發展卻又讓我感到興致盎然。小茜竟然會邀請今天才剛認識又話不投機的我一起吃午餐。

她的行動真是難以理解。

6

從大教室被放出去的學生湧入秋高氣爽的中庭，各自離去。有人帶著便當準備找個空教室用餐，有人要去福利社買壽司或麵包，大家各有各的目的地，最多人走的方向還是正前方的學生餐廳。

我們兩人順著人潮並肩而行，我在途中還不時地偷看她。和她的打扮比起來，我的白色棉質上衣和黑色牛仔裙實在是太樸素了，但我非得穿得樸素才能安心。這還真是奇怪。

我往下一看，她那雙搶眼的高跟鞋在紅磚地上交互邁進。我不經意地想到了童話故事〈小紅鞋〉，就是卡蓮穿著小紅鞋的雙腳被砍下來之後還不斷跳舞的情節。

想到這個血腥的童話，我的腳步不自覺地變得沉重。小茜停下腳步，回頭望向落後的我。

清風撫過臉頰，小茜的長髮如同水中的紅藻一樣舞動，她身上的香水味飄了出來。有一群學生說說笑笑地從旁邊經過，其中幾個人不約而同地瞥向小茜，很快又轉開了目光。

「妳想去幾樓吃飯啊？」

我追了上去，刻意用開朗的口氣問道。

學生餐廳共有兩層樓，一樓是正餐，二樓是提供輕食的咖啡廳，裝潢得很雅致。我若是自己一個人吃飯就會去一樓，在每日特餐、咖哩飯、拉麵、蕎麥麵之中隨便挑一樣來吃，不過看小茜的風格，她一定都是去咖啡廳吃義大利麵、三明治之類的東西吧。

我客氣地詢問她的意見，她卻聳聳肩，露出一副不耐煩的表情。這是「都可以」的意思吧？我如此解讀，然後默默地走進一樓的餐廳。

我仔細看過放在門邊的菜單，喃喃說著「今天吃咖哩吧」，接著就去買餐券。我將硬幣投入自動販賣機，按下按鈕，黃色的小塑膠牌喀啷一聲掉出來，我拿著塑膠牌走向領餐區的阿姨。平時這裡總是大排長龍，如今卻空無一人。

「妳好，請給我咖哩。」

我拿出餐券說道，阿姨笑嘻嘻地回答：

「妳每天都很有精神呢。」

我有些錯愕，沒想到阿姨已經認得我了。

小茜也跟著照做，我們各自捧著盛放咖哩飯的托盤，走向門口附近靠窗的桌子。途中經過茶水機時，我用塑膠碗裝了熱茶。

「啊，小茜也喝熱茶啊？」

我坐下之後說道，小茜沒有回答，而是靜靜地挑起一邊的眉毛。

「我的朋友經常念我『吃咖哩怎麼能配熱茶啊』，因為大家都是配冰開水。但我覺得想喝什麼都行啊，每個人的喜好不同嘛。」

「無所謂。」

小茜低著頭喃喃說道。她還真是惜字如金。我努力地找話題時，視線瞄到了自己的托盤。

「小茜一定很喜歡福神菜吧？（註3）」

這個問題還真蠢，不過至少成功地讓她抬起頭了。

「為什麼這樣問？」

「因為妳好像很喜歡紅色，所以我猜妳大概也喜歡福神菜。」

小茜露出苦笑般的表情。她這時的笑容不像早上那樣充滿攻擊性，但她立刻收起笑容，強硬地說：

「很討厭。」

「妳討厭福神菜？」

「我討厭紅色。」

「那妳為什麼把自己討厭的顏色穿在身上？」

3　用蘿蔔、茄子、紅刀豆、蓮藕、小黃瓜、紫蘇果實、香菇或白芝麻等七種蔬菜醃製成的醬菜。

「沒有為什麼，只是隨便穿。還有……」她停下了舀著咖哩的手。「小茜是指我嗎？」

我這時一定臉紅了。

「……我有那樣叫妳嗎？」

「有，妳還叫了兩次。」

我扭扭捏捏地低下頭去，不知該說些什麼來開脫。雖然我經常提醒自己要小心，有時還是會突然混淆現實和幻想，而且我從來沒有發生過像現在這麼尷尬的失誤。

我想到了幾句說詞，但最後還是沒說出來，而是默默地和咖哩飯一起吞下去。還好她也沒繼續追問，讓我鬆了一口氣。

好一陣子兩人之間只能聽見湯匙輕觸餐具的聲音，最後小茜出神地望著窗外，像是在自言自語：

「那些樹。」

「樹？」

小茜的視線鎖定在中庭的樹木。

「那裡不是有很多樹嗎？我不知道叫啥名字就是了。妳有沒有在五月看過那些樹？」

「不記得了。」

我搖搖頭。那時才剛入學沒多久，我鐵定沒心思去注意這些樹。

「那些樹的周圍有很多白蝴蝶在飛。」

「蝴蝶？」

「是啊，純白的漂亮蝴蝶。至少她們是這樣認為的。」

「她們？」

「像妳一樣天真的女生。」

我本來像個傻瓜一樣不斷重複著她說的話，但這句話隱含的惡意讓我無法接下去。她還是滿不在乎繼續說道：

「她們開心得叫著『哇，好漂亮喔，有好多白蝴蝶』，所以我忍不住回答了。」

「……回答什麼？」

「我說『妳們是白痴嗎?那是在交配的蛾啦』。」

聽到這麼不客氣的一句話，我不知道該如何回應。她還愉快地補上一句：

「『這一帶的樹上現在一定都爬滿了毛毛蟲喔』。什麼都不知道真是幸福的事，妳不這麼覺得嗎?」

小茜說出這句話時，臉上掛著邪惡的表情。我慢慢吞下嘴裡的食物，喝了一口茶，才囁嚅地說：

「什麼都不知道有那麼嚴重嗎？」

她淺淺地笑著說：「哎呀？我剛剛不是說了這是幸福的事嗎？蛾和蝴蝶都分不清楚還能平安地長到這麼大，想必是過得很幸福。對了，這樣是不是很像繞口令？」她用湯匙敲著盤子。「什麼都不知」，噹噹。「什麼都不懂」，噹噹。「傻傻地活著」，噹噹。

小茜握著湯匙，用挑釁的表情望著我。我也停下了吃飯的動作。

「……為什麼？」

我忍不住問道。我也不太確定自己到底想問什麼，所以我並不期待對方回答。不過她卻微微地張嘴，好像想要說話。

就在這時，像加了糖的牛奶一樣甜膩的聲音傳來：

「小駒～我們去坐妳那桌喔～」

我不用回頭就知道說話的人是小愛。

「我要走了。」

小茜突然站起來，我訝異地看著她的盤子。

「可是妳還沒吃完耶。」

「我不吃了。」

她丟下這句話就走掉了。下課鐘應該響過了，此時餐廳裡已經擠滿學生。小茜焦躁地穿過人潮。

結果我還是沒機會問她真正的名字。

小愛捧著托盤走來，富美也跟她在一起。她看到小茜留下的托盤，皺著臉說：

「是誰沒收拾餐具就走了？」

「不知道。」我直覺地裝傻。「我等一下再一起收走。」

「真是太沒常識了。」

小愛優雅地皺起眉頭，彷彿認為自己很有常識。富美打量著我的餐盤。

「小駒，妳已經吃這麼多啦？我們一下課就直奔餐廳了耶。」

「我的肚子都快餓癟了～」

我不理會小愛的附和，慢條斯理地說道：

「我有一個有趣的謎題，妳們想聽嗎？」

「謎題？」

兩人異口同聲地問道。

「嗯，跟出席表上的名字有關。有一個人在哲學課簽了A名字，到了生物課卻簽了B名字。這是為什麼呢？」

我得意洋洋地說出題目，心想一定沒人猜得到（畢竟連出題者自己都不知道答案），結果富美剛坐下就毫不遲疑地回答：

「是代簽吧。」
「啊？」
「一定是簽自己名字的時候順便簽了朋友的名字。但我覺得這種友情很虛假。」
「大概吧。」
我無力地點頭，內心五味雜陳。什麼嘛，原來只是這樣，聽她這麼一說確實很合理。我突然感到一陣虛脫。
「嘿，有好戲看囉。」
小愛拉拉我的袖子說。
「什麼？」
我回頭望去，隨即聽見一個高亢的聲音。
「喂，讓開啦。」
說話的人果然是小茜。我一看就知道發生了什麼事。有三個學生站在餐廳門口聊天，把路擋住了一半，而小茜正在「命令」其中一人讓路，那人見她態度如此跋扈，顯然很不高興。那是個穿著亮橘色寬管褲、高頭大馬的女孩，身材嬌小的小茜還得抬頭才能看到那人的臉，但她的氣勢明顯勝過了對方。
「妳們擋到我了。」
小茜又冷冷地說道。

這場對決毫無疑問是小茜獲勝，那三個女孩被她罵得退後幾步，讓開通道，小茜就像摩西渡紅海一樣大步從她們之間走過。

「那個人是怎麼搞的？真討厭。」

小茜離開了大約二十秒，我才聽見她們說出這句話。我們三人看看彼此，彷彿看出各自的心思，一起笑了出來。

「真有趣。」小愛天真爛漫地說。「就像哥吉拉大戰王者基多拉。」

「王者基多拉就是那個三顆頭的怪獸嗎？這例子舉得真好。」

富美一臉欽佩的樣子。小愛望著那三個女孩，一臉認真地說：

「看到那個人，我就會想到大花美人蕉。」

「大花美人蕉？」

我和富美同時反問。

「是夏天開的花，顏色很俗豔。我最討厭那種花了。」

這就像是《野菊之墓》的相反版本吧（註4）。小愛一向是個好惡分明的人。我苦笑著問道：

「妳說大花美人蕉是指那個很高的女生嗎？妳認識她啊？」

4　《野菊之墓》的男主角喜歡野菊花，也喜歡像野菊花的女主角民子。

「該說認識嗎？我們只是因為彼此的名字而陷入不幸的兩個人。」

富美和我面面相覷。小愛又在說些沒人聽得懂的話了……

「簡單說。」小愛大概注意到我們無言以對，所以才開始解釋。「在網球社是以名字的發音順序來分配搭檔，而我跟她被分在同一組，要一起做伸展操、一起輪值，然後我們發現和對方一點都合不來。」

「這個發現還真是不幸。」

富美說。

「但是搭檔不能隨便更換。如果能說服小駒加入網球社就好了，這樣就能讓小駒去當美人蕉的搭檔了。」

「我才不會為了這麼愚蠢的理由加入網球社。」

「話說回來，其實名字還挺重要的。小駒和小愛也是因為學號相連才會變成朋友吧。」

聽到富美這句話，我立刻點頭。的確是這樣，我姓入江（Irie），小愛姓宇佐美（Usami），照五十音的順序，只要沒有姓岩田（Iwada）或上野（Ueno）的人夾在中間，我們的名字就會排在一起。不知該說是幸或不幸，系上並沒有這些姓氏的學生，所以我們在入學典禮時座位相鄰，閒聊之後發現彼此住得不遠，自然就成了朋友。

或許人與人的因緣際會不只是巧合或自然而然，而是深受名字的影響。可惜小愛和美人蕉同學的緣分只能以互相嫌棄告終。

「所以妳討厭的美人蕉叫什麼名字啊？」

富美好奇地問道。

「井上……呃，叫什麼來著？」

此時我突然福至心靈。

「難道是井上美佐子？」

小愛聽得大吃一驚。

「為什麼妳知道她的名字？她是英文系的，社團也只有參加網球社，妳們又沒有機會認識。」

「嗯，是啊，的確沒機會認識……對了，富美應該認識田川惠理吧？」

富美的姓氏是高瀨（Takase），既然她和田川（Tagawa）惠理同系又同屆，學號一定很相近。果不其然，富美點點頭說：

「惠理也有修教育學程，我們常常一起上課。妳應該看過她啊，她的外表很俏皮，戴著一副像是機器娃娃阿拉蕾的大眼鏡，短頭髮。」

這麼一說我的確有些印象。我不禁唔唔地沉吟。她們的外表和小茜截然不同，絕不可能是一人分飾多角，至少剛才那一幕讓我確定了小茜和井上美佐子是不同的人。而且……

「富美。」我望向好友。「幫不認識的人代簽是出自怎樣的心態呢？」

富美好像聽不懂我在說什麼，只是輕輕地聳肩。

7

「……後來啊，音樂一播出來我就嚇到了，我對旋律一點印象都沒有。那首歌常在電視廣告裡聽到，所以我還以為自己會唱，結果只唱得出副歌，後來只好笑著糊弄過去。」

我們吃完午餐，從小愛口中的「王者基多拉」身邊經過時，聽見了井上同學比手畫腳講述的內容。這些人仍然聚在門邊聊天，真是學不乖。

「我還以為她們在聊什麼呢。」

富美用輕蔑的語氣喃喃說道。我沒有去過KTV，在校內似乎挺流行的。

餐廳外面就是成排的樹木和長椅，很適合坐著休息，所以我們剩下的午休時間都在這裡度過。

「天氣真好。」

富美笑著說道，愉快得像是變了個人。

「就是啊，天空清爽得會冒泡。」
「又不是可樂。」富美笑著說。
「雲好像泡芙喔。」
小愛呆呆地望著天空說。
「對耶，看起來好好吃。」
我也看著蓬鬆的雲朵說。
「真不知道妳們的腦袋裡到底都裝了些什麼，才剛吃過午餐，還是滿腦子想著食物。」
富美的語氣不像諷刺，反而像是抬舉。
「跟妳們在一起都不怕無聊。」
「就是說嘛，妳該好好感謝我們才是。」
我拍拍富美的肩膀，一旁的小愛突然露出堅決的眼神說：
「我決定了，現在就去買。」
「買什麼？」
「奶茶。」
她丟下這句話就跑掉了。
「從雲聯想到泡芙，接著又想到奶茶……我真是猜不透她啊。」

富美一臉感慨地說道。

「我也突然好想吃栗子百匯喔。」

我又抬頭看著雲自言自語，好友認真地盯著我說：

「妳和小愛果然是同類。」

「妳們一定在說我的閒話吧。」

小愛突然從後面冒出來，氣鼓鼓地瞪著我們。她經常這樣神出鬼沒的，就像貓一樣。幸好我還沒開口反駁富美。

小愛的埋怨沒有維持太久，馬上就眉開眼笑地說：

「妳看妳看，這是新上市的奶茶，用特選紅茶調製的，看起來很好喝耶。要不要喝一口？」

小愛把罐子遞到我眼前。

「很好很好，我就嘗嘗味道吧。」

我裝模作樣地接過來，喝了一口。

「如何？不錯吧？」

「好像太甜了。」

「小駒比較喜歡無糖的吧。」

小愛倒是喝得津津有味。富美側目看著她說：

「妳們還真是樂此不疲。」
「什麼東西？」
「間接接吻啊。」
「妳羨慕的話也可以加入啊。三重接吻。」
小愛又遞出了飲料罐。
「心領了。我沒有這種嗜好。」
「沒關係，我們同類的人自己玩就好了。妳說是吧，小駒。」
小愛說完就燦然一笑。她果然聽見了我們剛才說的話。
「妳不覺得小愛有時挺可怕的嗎？」
後來富美悄悄地對我這樣說。
午休時間終於接近尾聲，又得準備進教室了。臨別之際，富美再三提醒我：
「小駒，我之前跟妳說過，今天課後要開會討論學園祭的事，在一二一二教室喔。」
「哇，我都忘光了。可是我今天第四節次沒有課耶。」
「別抱怨了，妳就去圖書館打發時間吧。」
富美在我們班上擔任學園祭執行委員會的會長。

「小愛也要記得喔，聽到了嗎？」

「好～」

雖然小愛回答得很熱情，但她是出了名的放鴿子大王，所以富美忍不住用懷疑的眼神盯著她。小愛完全不放在心上，戳戳我的肩膀說：

「嘿，那個人又在看了。」

「誰啊？」

「哥吉拉。」

小愛很開心地笑著說。我順著她的視線望向二樓窗戶，隱約瞄到一張白皙的臉縮到窗後。

8

教室裡充斥著鬧哄哄的說話聲。

我舉目搜尋，看見小茜坐在靠走廊的最後一排。當我看見她出現在窗邊時就料到了，她果然又跟我上同一堂課。看來我們週三的課表是一樣的。

我猶豫了一下，才朝她走過去。

「我可以坐這裡嗎？」

我觀察著她的表情問道，她平淡地點點頭，往旁邊挪過去一點。

「謝謝。」

我點頭致意，坐了下來，然後緩緩地問道：

「妳剛才怎麼走得那麼快？」

「沒什麼。」

「妳的午餐沒有吃完耶，這樣不會餓嗎？」

「無所謂，反正我討厭咖哩。」

小茜一臉厭煩地回答。

「妳討厭的東西還真多，又討厭紅色，又討厭咖哩。」

她皮笑肉不笑地說：

「的確很多，我也討厭妳。」

我非常震驚，從來沒有人當面對我說過這種話。因為中午一起吃過飯，我還以為我們幾乎算是朋友了，原來對方根本不這麼想。

胸中一陣灼熱。

我知道自己一定脹紅了臉。我還在考慮要不要移到其他空位時，上課鐘響了起來，老師隨即走進教室，語氣輕鬆地向同學們打招呼，我心亂如麻地聽著那些話。

又有紙張傳過來了，這次不是細長的紙條，而是卡片式的出席卡。還好傳到我們最後一排的時候還有剩，令我鬆了一口氣。我把出席卡遞給小茜，她隨手接過去，立刻提筆簽名。這次她簽的是什麼名字呢？我雖然好奇，卻刻意忍著不去看。當我低頭簽上自己的姓名學號時，先寫完的小茜調侃似地把自己的出席卡湊到我的臉前。

「江中茜」。我瞥見卡片上用端正的字體寫了這幾個字，但我立刻把臉轉開。受傷的自尊心不是那麼容易就能痊癒的。無論她的名字叫作井上美佐子、田川惠理，或是江中茜，都跟我沒有關係了。

9

回家的途中，我在車站月臺上一邊等電車一邊發呆。因為課後還要開會，所以今天走得比較晚，下班的尖峰時間都快開始了。

特快車從我的眼前飛快地掠過，揚起一陣強風。我頓時覺得有點冷。

結果我在第三節次的課堂上從頭到尾都沒看小茜一眼。我也覺得這樣很沒出息，但我實在不敢看她的眼睛。那種無端的惡意令我無法不感到畏懼。

在出席卡那件事之後，她沒有再來招惹我。

課堂一結束，小茜立刻起身走出教室，我被她拋下時心情非常複雜，既覺得放鬆，又有些不甘心。其實我直到最後一刻都還懷著期待。我期待看到小茜笑著對我說：

「剛才那句話是開玩笑的，別放在心上喔。」

我知道她絕對不會說這種話。雖然我無法理解小茜的想法和行為，但我不知怎地就是知道。

「真是個奇怪的人。」

電車終於到站，我嘆著氣上了車。

我雖對她十分反感，卻又深受她吸引，這兩種感覺在我的心中幾乎占了相同的比例。

大清早站在風中、長髮飛揚的女孩。對周遭所有人事物都看不順眼的女孩。擁有好幾個名字的女孩。

超出我的理解範圍、與我相隔遙遠的女孩。

天空沒多久就暗下來了，車窗外的建築物變成了黑色的剪影，夕陽不時從大樓的縫隙間露出臉來。

在電車上、到站的月臺上、車站前面的小廣場上，都被人們擠得水洩不通。我明明不認識這些人，卻不由得感到恐懼。

他們是什麼人？心裡都在想些什麼？

走在我身邊的中年男子是如何？提著超商塑膠袋快步前進的女人是如何？按著車鈴騎著腳踏車經過的孩子是如何？走在對面那群看起來像大學生的人，其中的每一個人又是如何？

他們心中在想什麼？我不知道。根本無從得知。

有個跟我擦身而過的學生對身邊的同伴說了些什麼，然後爆出笑聲。我嚇了一跳，不覺加快了腳步。

同伴、朋友、熟人、好友……我確實有幾個親近的、信任的人，但是情況也好不到哪裡去。富美、小愛、阿蛋……我究竟知道她們多少事？或許我只是自以為知道，其實根本一點都不了解。

就像只唱得出副歌的歌曲。

第一顆星亮起來了。那是傍晚的亮星——金星。我又加快了速度。不知不覺來到了住宅區，離家已經不遠了。

在夜路上，路燈發出昏暗的光芒。夜蛾被吸引而來，繞著路燈飛舞。那白色的翅膀讓我想起了一張白皙的臉孔。

我猛然一顫。氣溫真的變冷了。

叮、叮、叮……

我驚訝地豎耳傾聽。

鈴蟲的聲音從某戶人家的庭院傳出。開始留意之後，我才發現樹叢和草地上到處都有鈴鐺般的蟲鳴聲叮叮叮地響著。

如同太空犬萊卡聽到的鈴聲。

我放慢腳步，仰望天空。都市的夜空雖然陰鬱，還是看得見幾顆星星。

叮、叮、叮……

萊卡在太空中聽到的最後的鈴聲迴盪在昏暗的住宅區。

叮、叮、叮……

我在蟲鳴的環繞下漫步著。剩最後二十公尺時，我開始拔腿狂奔。

我家門口的日光燈亮得讓我有些害臊。我慢慢走進光中，投入了家的懷抱。

入江駒子小姐：

我迅速讀完了您的大作（就是您說的「類似小說的東西」）。

我無法像評論家一樣給您專業的意見，因此以下寫的只是普通的心得，還請您不要見怪。（以下省略敬語。）

我最先注意到的是，妳的文章和寫信時的感覺很不一樣，我不禁邊看邊微笑。這樣說似乎有些失禮。那充滿女性風格的抒情筆調，還有大量的譬喻，都是我再怎麼努力也寫不出來的東西（妳別生氣喔，我絕對不是在取笑妳，而是真心感到佩服）。

我完全被妳筆下的世界擄獲了。女孩之間的可愛對話，熱情開朗的女學生和朋友之間的細膩感情，這些事在我看來就像愛麗絲遊歷的仙境，而那些東西卻真實地存在於妳的世界，是妳每天的日常生活。我似乎比較了解妳單獨一人的時候，還有妳在人群中的時候，都看見了什麼、想到了什麼。那是妳不會顯露出來的另一面，這真是個寶貴的發現。

妳拿作品給我時說了好幾次「焦慮」，妳說妳的朋友其實更迷人，那個女孩穿的衣服其實更鮮明搶眼，但妳無法如實地表達出來，因此覺得很焦慮。

我的文筆雖然不好，但好歹也是個寫故事的人，所以我非常了解妳的心情。文字只不過是符號，而文章只是這些符號的集合，想要用這些符號準確地描述世界、人物、大自然等等難以捉摸的奇妙事物，本來就很不容易。

我從妳的字裡行間可以察覺到這份焦慮。我感受得到妳非常努力，想要把妳眼中所見、心中所感，還有學生生活的一切，全都放在一個作品裡，但我不能否認，這樣難免會使故事顯得雜亂。

妳想要寫這個故事，一定是基於對「小茜」的強烈興趣吧。從妳的敘述來看，她的行為確實充滿了難解的謎，而且她的態度還讓人很不愉快。她和妳身邊那群積極開朗又健全的女孩截然不同，所以妳雖然不了解她，卻被她奇特的魅力所吸引，或許一不小心就靠得太近了。用妳的方式來比喻的話，這好比是從沒見過火的幼兒把手伸進火中，結果被燙傷了。這燙傷的疼痛使妳轉開視線，不再去看那團火焰，以至於妳的故事沒有真正的結束。

在這篇故事的最後，妳由鈴蟲的鳴聲聯想到萊卡的鈴聲，那「叮、叮、叮……」的聲響令我想起安徒生童話中的〈養豬王子〉。妳知道嗎？那個故事裡有一位愚蠢的公主，她看不起貧窮王子送來當求婚禮物的玫瑰和夜鶯，反而願意為了一些無聊的玩具親吻一個養豬人（其實這人就是王子假扮的），她的行為激怒了國王，結果被趕出自己的國家。

公主想要的玩具之中有一個神奇又漂亮的鍋子，用這個鍋子煮開水，會發出美麗的歌聲。

喔，我親愛的奧古斯丁，
什麼都沒了。叮、叮、叮。（註5）

光是這樣就夠奇妙了，但這鍋子還有另一個神奇之處，只要把手指伸進沸騰的蒸氣，就能聞到城內每戶人家當天煮的菜餚。公主為這個奇妙的玩具深深地著了迷。

妳可能會說，聞得到卻吃不到又有什麼意義？

不過，任何人或多或少都會有好奇心作祟的時候吧。

再把話題拉回來。

我剛才寫到「妳的故事沒有真正的結束」，因為妳並沒有解出在文章開頭所說的謎題——「擁有好幾個名字的女孩」。她為什麼做出這種令人費解的行為？她有這麼做的必要嗎？

5 十七世紀的維也納民謠，中文版本是大家耳熟能詳的兒歌〈當我們同在一起〉。

我先告訴妳最明確的事實：她在這個故事裡一次都沒有使用過本名。妳或許也隱約發現了，妳看到的第三個名字「江中茜」非常特別，但我不明白妳為何沒有對此事發表任何評論。妳究竟是已經發現了，還是無意識地避開這個問題呢？不對，或許就是因為發現了，妳才刻意不提吧？

不用我說，「茜」這個字和妳為她取的綽號一樣。碰上這種巧合的機率一定很低，就像航行中的船被隕石打中的機率一樣低。但妳一定注意到了吧？

江中（ENAKA）茜（AKANE）。

用羅馬拼音寫出來就一目瞭然了，這只是簡單的文字遊戲，姓氏和名字的拼音正好相反。而且她還故意把這個名字拿給妳看，她大概是聽到妳不小心脫口而出的綽號，所以故意繞著圈子跟妳開玩笑。妳一定覺得很不愉快，所以不想再理會她的第三個名字。當然，她那句「討厭」多少也有些影響。

不管理由為何，總之妳應該是因為自尊受傷才打消了對她的興趣，否則妳應該會發現她在第三堂課放棄了出席時數。

妳在文章裡提到，學生就算沒有上課也想把名字寫在出席表上，而相反的情況是不可能發生的，至少有修這堂課的學生不可能這樣做。

我就直接說了，其實她沒有修第三節次的那堂課。旁聽是很普通的事，如果妳在兩堂課之間有個空檔，又剛好有一堂妳很感興趣的課，妳可能也會想去旁聽看看吧。

但她的情況並沒有這麼單純。妳也覺得奇怪吧，為什麼她在沒人想看的布告欄前面看得那麼專心？為什麼她遞給妳出席表之後又想拿回去？為什麼她要邀請素昧平生的妳一起吃午餐？

妳之所以覺得她很特別，想必就是因為這些瑣碎的「為什麼」。

看到我寫的這些事，妳或許會問我是不是忘記了更重要的「為什麼」。沒錯，我並沒有提到「為什麼她要冒充別人的名字」。

理由很簡單，因為我相信她沒有做過這種事。再補充一點，她也沒有幫人代簽。關於出席表，若說她真的做了什麼不好的事，大概只有寫下「江中茜」這個假名吧。不過這也沒什麼大不了的，助教頂多只會抓抓腦袋，然後把這張紙丟進垃圾桶。

總而言之，她在上午的課堂沒有做出什麼奇怪的事，說得更清楚一點，她什麼事都沒有做，就連出席表都沒簽過，她只是假裝簽了出席表，準備傳給後排，結果卻看到了妳。她當時一定想著「糟糕了」，所以才打算拿回紙條。其實她根本不用擔心被人發現，因為那個班級有上百位學生，系所和學年都各不相同。

事實上，妳的確沒有發現異狀，還以為寫在最後面的就是她的名字。問題是，下一堂課妳們兩人還是坐在相同的位置。

她一定沒料到妳還坐在後面，所以打算如法炮製，再次假裝簽了出席表。妳看到不同的名字是理所當然的，因為妳看見的是更前面一排同學的名字。時下的女學生都喜歡把字體寫得圓圓的，所以才會導致這種誤會。對了，妳自己也說過她在第三堂課簽名時字體很端正啊。還有，妳在第二堂課看到學號之中表示學年的數字被抹糊了，可見那一定是用原子筆或鋼筆寫的，但小茜用的是黑色的自動鉛筆。這些都不是決定性的證據，但還是可以由此推敲出她沒有在出席表上簽名。

把所有線索統整起來，結果就是這樣：那天她一次都沒有在妳面前簽過自己的名字。如果沒有簽出席表，就算有來上課也會被視為缺席。雖然很不合理，但規矩就是這樣訂的，而她卻一點都不在意。

因為她根本不是妳們學校的學生。

她早上看得很專心的布告欄上貼著課程表，她一定是在考慮要溜進哪一班。如果人數太少，很容易被識破，人越多的班級越安全，所以最好的選擇是基礎課程。

一二〇一教室完全符合這個條件。既然該來上課的學生沒來都能掩飾過去，就算來了不該來的人一定也不會被發現，她大可安心地坐在教室裡，所以下一堂課她還是待在那裡。

像她這樣的人在每間學校都很多，我認識的人之中也有幾個會做這種事，他們的身分各不相同，有人是在準備重考的苦讀之中喘口氣，去看看想考的那間大學，有其他大學的學生因為好奇而跑來參觀，還有已經出社會的年輕上班族趁著休假回到學校，他們全都是認真好學、品行端正的人，上完課之後還會禮貌地去向教授打招呼。

但小茜並不是這種人。

她說她討厭自己身上穿的紅色，也討厭中午才剛吃過的咖哩飯，接著還說她討厭妳。我想她應該不是針對妳。當她說到「那些天真而幸福的人」時，語氣中充滿了鄙視和厭惡，不過這種厭惡或許只是另一種感情的替代品。

我們無法得知她目前的處境是如何。是不是有什麼事讓她很失望呢？她會不會比誰都希望成為「天真而幸福的人」呢？

「嫉妒」絕對是最煎熬的一種感情。

所以她邀請妳一起吃午餐其實是一種自虐的行為。學生餐廳想必是最讓她擔心的地方，因為她完全不知道要怎麼購買餐券、要在哪裡取餐、要坐在哪裡吃飯。她的自尊心不容許她手足無措地杵在那裡，在陌生人的面前丟臉，因此她決定邀請上午見過好幾次的妳一起去。

妳向她攀談時，她始終沒有正面回應，那只是因為害怕露出馬腳。就像甲殼類動物一樣，堅硬的外殼之中藏的是脆弱的身體。她為了掩飾自己的恐懼，才會對所有人充滿敵意。

或許她和妳的朋友一樣，吃咖哩飯的時候一定要配冰開水，但是她不知道飲水機在哪裡，沒有選擇的餘地，只能學著妳喝熱茶。她離開時沒有拿走餐盤，也是因為不知道要自己回收餐具。

她還沒吃完就離席，應該是因為妳的朋友來了。只有妳一個人還無所謂，但是面對三個人，曝光的機率就更高了，她可不想要這麼快就結束這個遊戲。

好啦，囉哩囉嗦的讀後感終於快要寫完了。不明確的、沒有形體的東西會讓妳感到恐懼，所以我試著向妳描繪出那東西的形體。只要妳願意，甚至還可以摸到。但我也不確定這樣是不是會讓妳比較安心。

我能說的只有這些。

——什麼都沒了。叮、叮、叮。

某人寄來的第一封信

話先說在前頭，這是一封跨越次元的信。從四次元寄到三次元、從世間寄到夢幻，從現實寄到虛構，跨越了一切的信。

我是妳的讀者，一個和妳同樣喜歡看書、知道如何遊歷鉛字世界的人。但我或許不像妳那麼懂得生活，我的生活很容易毀壞……不對，應該說是一直在毀壞。對我來說，妳就像個永遠不會毀壞、溫暖又柔和的夢。

我不明白，我看過無數個故事，看過成千上百個男女主角，為什麼只有妳如此特別？為什麼我會對妳如此魂牽夢縈，甚至想要寫信給妳？以前我從來沒有做過這種事。

我可以想像出妳還是個小女孩的樣子。妳笑起來的樣子。妳哭泣時的樣子。妳可愛地說著話的樣子。妳的事情我幾乎都知道，包括出生年月日、家庭成員、學校裡的事，甚至是妳最近感興趣的事，或是妳心裡想的事。我就不再數算自己到底知道妳多少事了，因為妳一定會覺得很不舒服，不過請容我再多說一句。

或許我比妳更清楚發生在妳身邊的事。不用說，這就是讀者的特權。

譬如說，我知道「小茜」是什麼人。此外，我也知道妳在鞋櫃旁突然沒頭沒腦地問朋友那句話，是因為有其他事情占據了妳的心思。當時「小茜」從旁邊經過，看到了妳們，接著她走到鞋櫃後面，坐在長椅上，彷彿要避開妳朋友好奇的目光。妳發現了嗎？小愛在午餐後說「那個人又在看了」，指的就是當時的事。

我只舉出一小部分的例子。眼睛看不到的事情遠比看得到的事情多，嘴巴沒有講出來的話遠比講出來的話多，連妳那個溫和的故事背後也藏著陰影。

在現實的日常生活中，隱藏了多少真相呢？人們的一言一行、一個小表情，也一定都隱藏著看不到的陰影。

妳怎麼想呢？人真的會想看到月球的背面嗎？搞不好那裡藏著什麼怪物呢。明知會抽到鬼牌，妳還是會把牌翻開嗎？

但我沒有這麼勇敢。

寫完這封信以後，我會把它裝進信封，封上封口，貼上郵票，寫上收件人，但我不會寫上自己的姓名和住址，因為若是信寄不到妳的手上，又被退回我家，那就太讓人傷心了。我現在最不想看到的就是如散文般的冷冽現實。

我正在做的事或許很愚蠢，但這並不是壞事。仔細想想，現在還有很多人會寄信到貝克街給福爾摩斯，世界各地的孩子也還會在聖誕節前寫信給聖誕老人（如果我寫這封信的動機也像他們一樣純潔，那會是多麼地幸福啊）。

我很喜歡妳故事中的日常生活。妳一定可以理解，平凡得理所當然的日常生活才是最棒的，比什麼都好，比什麼都重要。妳一定無法想像，我有多麼羨慕這麼健全的生活（我甚至連作夢都會夢到）。人總是在理所當然的事物變得不再理所當然時，才會了解那件事物的價值。

我突然明白自己為什麼要寫信給妳了，因為我想讓妳知道我的存在，想讓妳知道我正在某個地方看著書。就只是這樣而已。至於誰的世界是真實的，誰的世界是虛構的，就不是那麼重要了。

在妳的故事裡出現的陌生人，或許就包括了我。那成千上百的陌生人之中的一個，或許正在看著妳。這件事或許會讓妳覺得可怕，但我要清楚地告訴妳，我對妳來說只是個微不足道的人，絕不會對妳造成任何影響。

因為妳是一篇故事，而我只不過是正在看這個故事的讀者。

請好好地過妳的生活，繼續寫下妳日常的故事，這樣一來，我就可以在難以承受的現實之中得到一絲絲的解脫了。

二……十字路口

這是一個關於鬧鬼的故事。

瀨尾先生相信這個世上有鬼嗎？

這樣問或許不太公平，因為我如果被問到同樣的問題，一定會含糊地笑著，避開正面回答。我不知道自己到底信不信有鬼，但我肯定是怕鬼的，因為那是不明確的、沒有形體的東西（就像你之前說過的）。

「什麼嘛。」我的朋友阿蛋這樣說。「人比鬼可怕多了。」（她講話總是這麼中肯。）

或許就像她說的一樣吧。

我突然想到，現在準備寫的故事就是從一個謠言開始的。

被製造出來的、不明確的、沒有形體的東西。

這是我對「謠言」的定義。

1

我從圖書館後方的窗戶眺望著市立公園。

十月中旬，星期天，時間是下午兩點，再加上天氣晴朗。備齊了這些條件，公園裡想也知道是人滿為患。走路搖搖晃晃的幼兒、忙著攝影的父親、在青綠草皮上鋪著塑膠墊像是在郊遊的家庭、提著幾個紙袋的老夫婦。

我坐在窗邊的椅子上，無心地望著這片和樂融融的景象。暖洋洋的陽光從窗外照進來，我覺得自己悠哉得像玻璃缸裡的金魚。

一個哈欠像氣泡一樣從喉底冒上來。

下一秒鐘，我的後腦挨了一記，正要出來的哈欠又縮了回去。

「好痛！幹麼突然打我啊？」

我摸著後腦轉過去，果然是阿蛋。她的手上握著捲成筒狀的薄薄書本。看來那個就是凶器了。

「妳在這裡發什麼呆啊？害我找了好久。」

「小姐、小姐，這裡是圖書館喔，麻煩妳小聲一點。」

我低聲說道，她才突然意識到自己的所在，然後貼近我說：

「炒芝麻，是妳叫我來的耶。跟人相約時不是應該把臉露出來嗎？星期日的圖書館這麼多人，很難找耶。」

阿蛋壓低聲音說話時，感覺殺氣更重。我畏畏縮縮地陪著笑臉說：

「我只是正好看著外面，不要這麼生氣嘛。」

「少騙人了，從我發現妳的時候，妳就一直盯著外面。有什麼好看的啊？」她走到窗邊張望。「喔喔，是公園啊。這邊的視野還挺不錯的。」

「哎呀，妳不知道嗎？妳這樣還算是市民嗎？」

「我又不像妳，三天兩頭就往圖書館跑。」

「因為妳都是去美術館嘛。我也喜歡美術館，但我最愛的還是圖書館，其次是舊書店。上次我隨口跟媽媽說了這些話，她竟然吐槽我。」

「也就是說，妳最愛的是免費，其次是便宜。」

阿蛋不加思索地回答。

「……妳怎麼知道？」

我們已經認識很久了，所以她連我媽媽的語氣都模仿得維妙維肖。阿蛋露齒一笑。

「妳們母女倆的對話風格我早就看透了。真羨慕你們家這麼和樂融融。」

阿蛋的口吻不像是在開玩笑。阿蛋的媽媽和她很像（如果她聽見我這麼說一定會生氣），都是直性子的人，認定了一件事就沒有轉圜的餘地，所以他們家裡當然老是吵得天翻地覆（尤其是阿蛋），親子關係非常緊張。

「也沒有那麼和樂啦，明年我弟就要考大學了，家裡的氣氛越來越凝重。」

「可是妳家不是每年都有人要考試嗎？應該早就習慣了吧。」

她說得沒錯。我有很多兄弟姊妹，而且姊姊、我和弟弟都只差一歲，最小的妹妹和弟弟差兩歲，所以從姊姊考高中那一年開始，這五年來我們家每年都有考生。尤其是去年到今年，我和妹妹一個準備考大學，一個準備考高中，因此家裡的氣氛晦暗得有如日全蝕。去年的這個時候，我和妹妹還會彼此訴苦說「黎明好遙遠啊」，結果我們現在已經成了悠閒的女大學生和輕鬆的女高中生，令我深深體驗到時間的流轉。

弟弟看見我們這個模樣，還會喃喃說著「當女生真好，過得這麼輕鬆」，黯然地去上補習班。看起來好悲悽。

「他畢竟是唯一的兒子，不得不背負父母的期待，可憐哪。」

阿蛋用力點頭說：

「真的很可憐，他正在拚死拚活地讀書，姊姊卻歡樂地從圖書館借回來一大堆書，沉浸在自己的世界裡。」

「別說得那麼難聽，我還是會顧慮他的心情啦，所以週末弟弟待在家裡時，我就跑來窩在圖書館……」

「所以妳才會坐在角落的窗邊發呆啊。」

阿蛋露出恍然大悟的表情。我反駁似地搖搖手說：

「我是在看書啦。話說回來，有個可以放鬆的地方還真不錯。嘿，阿蛋，妳看那邊。」我指著窗外。「妳不覺得人要過得幸福其實很容易嗎？」

「就是啊。」阿蛋點點頭。「和變得不幸一樣容易。」

「妳這個人真是彆扭。」

「是妳太單純了。妳昨天打電話來拜託我幫忙，也是因為很單純地覺得我讀的是美大，做起來一定很容易吧？」

我呆呆地望著阿蛋。

「難道不是嗎？」

「當然不是，簡直麻煩到靠北。」

「我說啊，女孩子最好不要這樣說話。」

「要妳管。我為了準備學園祭的事已經忙到不可開交了，今天也是上午就要去學校，還得在百忙之中抽空去找妳要的東西，妳真該好好地感謝我。」

「找到了嗎？不愧是美術大學。」

「我可是費盡苦心耶，還硬逼人家幫我打開資料室，但是怎麼找都找不到。我也不確定資料室裡面到底有沒有，真是整死我了。」
「雖然妳滿口抱怨，還是幫我找了嘛，妳真是太有義氣了，謝啦。結果是在哪裡找到的？」
「我指導教授的私人書櫃。他今天剛好在學校。」
「難道就是那本嗎？」
我指著阿蛋手中那本捲成筒狀的薄薄小冊子。
「妳怎麼可以把借來的東西弄成這樣呢？還拿來打我的頭。」
阿蛋聳聳肩，灑脫地說：
「教授送給我了。看起來也不像多麼高級的畫冊，只是個平庸的畫家。」
「是這樣嗎？」聽她把人家損成這樣，雖然跟我無關，我還是忍不住幫忙說話。
「既然出了畫冊，應該多少有些名氣吧？」
「這是自費出版的畫冊，可能是作為舉辦個展的紀念吧，只有送給朋友和畫商。」
「唔……」
我點點頭，伸手去拿畫冊，但是阿蛋露出邪惡的笑容，把畫冊藏到身後。
「等一下，妳讓我幫妳作牛作馬，可不能白白地拿走東西，得先把來龍去脈告訴我。話說妳是從哪裡認識這個無名畫家的？」

「好啦，我會告訴妳啦，妳先坐下吧。」我指著旁邊的椅子。「在我開始解釋之前，先問妳一個問題：妳今天看到我有沒有發現什麼？」

「要發現什麼？」

阿蛋詫異地問道。

「什麼都行啊，譬如髮型比平時看起來更清爽，或是今天變得更可愛了……之類的。」

「喔，是啊是啊是啊！」

阿蛋噗哧一笑，然後猛點頭。說了這麼多次「是啊」感覺反而很虛假，這是怎麼回事？阿蛋伸手拉拉我的頭髮。

「妳想說妳去了美容院嗎？」

「對，昨天去的。要解釋這件事還得花上一些時間。一開始是因為……」

2

我第一次聽到鬧鬼路口的傳聞，是在美容院裡。

『女人從美容院聽來的消息多半有問題。』

弟弟是這麼說的。雖然他的語氣令人很火大，但也不是毫無道理。

包含我在內，入江家的四個女人平時心血來潮就會跑去美容院剪頭髮或燙頭髮，回家時除了漂亮的髮型之外，也會順便帶回來某某藝人跟誰交往或分手之類毫無根據的八卦消息（就算不是自願的），畢竟美容院提供的都是這一類的週刊雜誌。得到資訊就想和人分享也是人之常情，所以之後當然免不了要聽弟弟的冷嘲熱諷。

不過，宮下町十字路口的鬼故事和這些演藝界八卦不太一樣，那聽起來更像是捕風捉影，而且就發生在離我不遠的地方。

提起這個話題的是綁著可愛馬尾的美容師。

「啊，妳聽過宮下町十字路口的傳聞嗎？」

她用大梳子梳著我剛洗完的濕濡頭髮時，突然這麼問道。

我歪著頭，望向映在鏡子裡的她。說到宮下町，我立刻想到一片荒涼的景象。

雖然宮下町距離車站不遠，但是交通帶起的蓬勃氣象卻沒有擴展到那邊，或許是因為有一條高架國道穿過町內，所以沒有開發的價值，此外，基於同樣的理由，在宮下町內不管去哪都得繞遠路。我明明住在宮下町附近卻幾乎沒有去過那裡，其中一個理由就是因為交通不方便。從更實際的角度來看，我根本沒有理由去宮下町，因為那一帶沒有什麼特別的商店或公共設施，那裡的環境也不適合散步或騎自行車。

所以正在幫我梳頭髮的美容師突然說出宮下町這三個字時，我完全想不起來那裡的風景，畢竟我最後一次去都已經是小學時代的事了。

「妳說宮下町的路口，是指那個立體十字路口嗎？那裡發生什麼事了？」聽我一問，鏡中的她就露出神祕兮兮的表情。

「我跟妳說喔……」她拿著梳子的雙手垂在胸前。「有人看到那個了。」

我從她的語氣和動作就明白了，但是為了慎重起見，我還是繼續追問「看到什麼？」，此時旁邊傳來一聲呼喊。

「喂，真紀，來一下。」

一位中年美容師正在招手。她是這間店的主管級人物，而且她曾在美容師競賽裡拿到優秀的成績，所以大家都公認她手藝精湛。不過大家更加公認的是她的嚴厲，店裡幾個年輕的美容師成天都在偷瞄她的臉色。

唯一的例外就是這位真紀。她活力十足地回答「是，老師」，把梳子放在一旁的推車上。

「請等一下喔。」

她說完就啪噠啪噠地快步跑走，捲捲的馬尾活潑地跳躍著。我看著她的背影離去，心中思索著有人在十字路口看見「那個」的事。

此時門鈴響起，又有客人進來了。我不經意地望去，卻疑惑地歪起腦袋。

剛進來的是一位大約國中年紀的少年，穿著寬寬大大的學生制服。他並不算特別矮小，大概是家長考慮到他還會長高所以故意買得比較大件吧。從他的成長尚未追上制服來看，應該才一年級。他的肩上掛著髒兮兮的書包，頭上戴著彷彿經常當成椅墊拿來坐的扁塌帽子，下面是一頭需要修剪的亂髮，黝黑的臉孔露出不高興的表情。粗眉毛，尾端上揚的眼睛，稍寬的鼻子，固執緊抿的嘴巴，看起來就是個調皮的少年。

在這間掛著「美髮沙龍」、充滿女客人的店裡，那位少年顯得格外突兀。但他用一副熟稔的態度快步走向書櫃，從成堆的雜誌週刊裡抽出一本漫畫雜誌，坐在客人專用的等候席上翻閱，好像一點都不介意自己和周遭是多麼地格格不入。

「讓妳久等了。」

真紀大概忙完了，又跑回我的背後，她一看見等候席上的少年就露出笑容。

「那孩子是誰啊？」

我這麼一問，真紀就把食指按在嘴前，像是要我保密。看到我露出愕然的表情，她又戲謔地笑了，臉頰浮出兩個酒渦，像是滑順的鮮奶油被湯匙挖出可愛的小凹洞。

她重新拿起梳子，我又問起先前講到一半的事。

「那個，關於妳剛才說的十字路口……」

啊？她疑惑地歪頭，但隨即回想起來，點點頭說：

「喔喔，那一帶經常發生車禍，聽說死過很多人，我也在那裡看過小孩差點被車撞到。啊，妳要剪多長？」

「呃……大概五公分，麻煩妳了。」

我回答之後，又拉回主題。

「那個，妳說有人看到，是看到鬼了嗎？」

「這個嘛……」她在鏡中笑了，兩個酒渦又冒了出來。「妳覺得是看到什麼？」她的語氣之中帶著笑意。她在說話時，雙手還是沒有停下來，繼續把我的頭髮分成一小束一小束，用彩色的髮夾固定在頭上。

「唔……這年頭看到什麼都不奇怪。」

大概是因為我這話說得老氣橫秋，她又笑了起來。然後她抓起一束頭髮，對鏡中的我問道：

「妳說的五公分是這麼長嗎？」

她用手指比出一個長度。我點點頭，心想她的說法還真有趣。她又問了一次「這樣可以嗎」，同時拿起一把細細的銀色剪刀。喀嚓一聲，細微的聲音開始從後方傳來。真紀一邊俐落地剪著我的頭髮一邊說：

「每個客人想的五公分都不一樣長，如果不先確認清楚，事後可就麻煩了。」
「有人剪完之後抱怨了嗎？」
「剪得太少還能補救，事後才抱怨剪得太多，那就救不回來了。」
「說得也是。」
「所以我每次都會少剪一些，尤其是瀏海。」她用指尖輕輕抓起我的瀏海。「前面要怎麼剪？」
「啊，修齊就好了。」
「好的，我知道了。」
她開朗回應的同時，剪刀聲也跟著響起。
「對了，關於剛才在說的事……」
我很在意那件事，又拉回了話題。
「怎樣？」
「關於路口鬧鬼的事。真的有人看到嗎？」
「我是這樣聽說的，有個死在那邊的孩子每天晚上都會出現，哭著說『好痛，好痛』。」
「哎呀，這樣不行啦……」
這句話脫口而出。真紀不解地歪著頭。

「什麼不行？」

「就是……」我說得有些遲疑。「有孩子死掉是不行的……」

我覺得自己說的話完全沒有邏輯，真紀也聽得莫名其妙，她一定不知道該回答些什麼吧。我趕緊接下去說：

「為什麼會有這種傳聞呢？只是隨便說說的吧？那個地方的確有很多車子，行人也很少，又是在高架道路底下，連白天也暗暗的，看起來很陰森，所以多事的人才會編出這個毫無根據的謠言。」

「……妳最近去過那個地方嗎？」

真紀一邊修剪我的瀏海一邊問道。

「沒有。那裡什麼都沒有，我去那裡幹麼？」

細碎的髮絲紛紛落下，我急忙閉起眼睛。

「也不是毫無根據喔。去年年底真的有個孩子死在那裡，孩子的父親傷心得不得了。這也是理所當然的，畢竟他們只有父子兩人相依為命。那個人是畫畫的，妳聽過塚原修太嗎？」

「沒聽過。」

我回答時依然閉著眼睛。

「我也沒聽過。總之那個人在兒子發生意外之後就離開了。」

「離開？去哪裡了？」

「不知道，也沒有人聽說過。然後啊，在那個十字路口，不知道是高架道路的柱子還是水泥牆上，某天突然出現了孩子的畫像，畫的當然是死掉的那個孩子。聽說畫得非常逼真，簡直像是活的一樣。」

「一定是他的父親畫的吧？」

「大概吧。後來有人看到畫上的孩子在深夜裡動起來，事情鬧得越來越大。」

我沒有吭聲，此時剪刀聲也停了下來，大概是剪好了吧。有個軟軟的東西拂過我的臉，把碎碎的髮屑掃落。

就在此時……

「阿茂！」

一旁突然傳來女人的吼聲，嚇得我睜開眼睛，原來是剛才那位「老師」。她凶巴巴地繼續說：

「我都說過多少次了，不是叫你不要來店裡嗎？」

窩在美容院角落的少年猛然抬頭，此時我才想起了他的存在。少年不發一語，表情厭煩地站起來。

「把漫畫放回去！」

尖銳的聲音再度響起。少年粗魯地把漫畫放回書櫃，和來時一樣迅速地走出去。

「那是老師的兒子。」

真紀低聲說道，像是在說悄悄話。

「他明知會挨罵，還是每天跑來這裡看漫畫雜誌。」

「他是不是希望媽媽多注意他啊？」

可能是這話說得太多愁善感，鏡中的真紀像是在忍著笑。

「那孩子有這麼愛撒嬌嗎？」

的確，他看起來不像是會用這麼迂迴的方式和忙碌母親溝通的孩子。如果只是為了看漫畫雜誌，這種方式未免太缺乏效率了，因為母親一發現他就會立刻把他趕出去，相較之下，附近的書店對白看書的客人還比較寬大為懷。

吹風機的馬達聲響起，真紀動作俐落地幫我把頭髮吹乾。聽著那輕輕的轟隆聲，我又默默地思索著鬧鬼的事。

我從小就很怕鬼怪之類的東西，看了恐怖電影或靈異照片的那晚一定會怕得睡不著，膽子非常小。如果傳聞只是提到鬧鬼，打死我都不會想要靠近那個地方。

但是，孩子畫像的那件事深深地觸動了我的心。我高中時和阿蛋一樣參加了美術社，對繪畫當然很有興趣。此外，畫家父親在牆上畫了意外身亡的孩子，聽起來真是個淒美的故事，讓我更想親眼看看那幅畫。

不管說得再好聽，其實就是湊熱鬧吧。而且事實和我幻想的美麗故事不太一樣……應該說是截然不同。

3

「喂！」

我在「謝謝惠顧」的招呼聲中走出美容院之後，突然聽見有人叫我。

用這種語氣向女性攀談，實在說不上禮貌。我看見坐在人行道欄杆上的那人，覺得有些意外，他就是那位名叫「阿茂」的黝黑少年。

他仍是一臉不高興，再次向我開口：

「喂，妳……」

「喂什麼喂啊，怎麼可以對年紀比自己大的人這樣說話呢？我可是有名字的。」

我不知不覺拿出了對弟弟說話的口吻。少年嘖了一聲。

「跟老媽一樣囉嗦。」他口中念念有詞，然後抱怨道：「我又不知道妳叫什麼名字」。

「我叫入江駒子。是個好名字吧。」

「喔，駒子啊。」

少年喃喃說著，語氣之中毫無讚美之意。我又說了一次。

「駒子小姐。」

「小姐。」

他似乎沒什麼耐心，只說了兩個字。

「真是個懶惰的孩子。」

少年露出了厭煩的表情。

「這種事一點都不重要好不好。我有事要問妳啦。」

「問人家事情的時候應該要禮貌一點吧。你想問什麼？」

少年那對粗眉毛下的眼睛斜睨著我。

「妳該不會打算現在就去宮下町的十字路口吧？」

「為什麼這樣問？跟你有什麼關係？」

我暗自一驚，反問少年，但他老大不高興地說：

「妳果然要去。剛才聽妳在那裡問東問西的，我就有一種不好的預感。我說啊，妳最好打消主意，那裡沒什麼好看的。」

「為什麼阻止我？真可疑，難道你有什麼東西不想讓我看到嗎？」

「就是因為沒什麼好看的，所以我才叫妳不要去。妳真是講不聽耶。」

他那人小鬼大的語氣還真叫人生氣。我自己也覺得和國中生吵架很幼稚，但我就是嚥不下那口氣。

「你沒有權力命令我吧，阿茂。」

我故意直呼他的名字。他露出厭惡的表情。

「好吧，那我就陪妳一起去吧，芝麻。」

阿茂拋出這句話，就跳下了欄杆。

4

「芝麻，走快點啦。」

阿茂轉過頭來粗魯地喊道。

「你說誰是芝麻啦？我又沒有拜託你陪我去，你幹麼跟來啊？」

我嘆了一口氣，但還是依言加快腳步。阿蛋也喜歡叫我「炒芝麻」，為什麼大家都要把我可憐的名字加上濁音呢？（註6）

或許是被我的抱怨感染了，走在前面的少年也不甘不願地說：

「我也沒興趣陪妳去啊。都是真紀小姐不好，幹麼跟妳說這些有的沒的。」

6　駒讀作koma，芝麻讀作goma。

「哎呀？為什麼叫我是叫駒子，叫她卻是叫真紀小姐？太不公平了吧。」

我很不平衡地埋怨道，少年立刻紅了耳朵。

「妳真囉嗦耶。這種事又沒有什麼大不了的。」

少年的語氣不悅至極。原來如此，原來是這樣啊，他每天去美容院其實不是為了看漫畫，也不是想要引起母親的關心，而是為了那位綁著俏皮馬尾的美容師。

這孩子挺可愛的嘛。

看著少年不悅的背影，我突然這麼覺得。

電車的聲音從遠方靠近，跟著我們好一陣子。商店街的後面是鐵路，車站就在不遠處。

「嘿。」

我朝著走在前方、穿著黑色學生制服的背影叫道。阿茂沒有回應，不知道是電車的噪音蓋住了我的聲音，還是他故意不理我。我又提高聲音喊著：

「我在叫你啦！為什麼不可以去十字路口？」

阿茂一臉厭煩地轉過頭來。

「為什麼，為什麼。妳沒有別的話可以說了嗎？」

「誰叫你都不回答我。」

「就算我回答了，妳還不是要去？那回不回答又有什麼差別？」

給他說中了。他雖是個孩子，眼光卻很犀利。我悄悄縮了一下脖子，不再發問。

我們從車站前快步經過。無數的鞋子走下車站的樓梯。那些人大概是從剛才經過我們身邊的電車下來的。週六傍晚的這個時間說早不早，說晚不晚，現在可以看到正要回家的上班族、社團活動剛結束的國高中生、剛從百貨公司回來的婦女，還有用全身表現出才剛大玩特玩一場的年輕人。好不容易從人群中擠過去之後，我喘了一口氣。再走一段路，就不太看得見行人了。這一區都是住家，人煙稀少，只有馬路上還充斥著朝車站行駛的車輛。

要去宮下町的十字路口，得逆著車流走一小段路。

那不是一般的路口，上面是由橫濱通往八王子的高架國道，下面是往東京的一般公路和民營鐵路，國道的兩邊車道各自延伸出蜿蜒的道路，在遠方和通往東京、神奈川公路的兩側車道交錯，而國道沿線也有一般公路，構造相當複雜，所以交通流量當然也是非同小可。

交通號誌變換，車輛紛紛停下來，輪胎發出煞車聲，另一條路的車輛動了起來，帶著轟隆隆的聲音呼嘯而過。噪音、震動、無盡的車輛，這三種東西或許永遠不會在這個十字路口消失。

我們等到綠燈亮起，並肩走過斑馬線。停在右邊的車子心急地閃著方向燈，還沒等到我們走到對面，就緊貼著我們的背後左轉了。

馬路中央是個安全地帶，但這裡空間很小，而且四周環繞著汽車引擎聲和廢氣，一樣沒有安全感。高架道路的支柱形成巨大的T字形，灰黑色的牆壁在昏暗之中向左右兩邊延伸。

在哪裡呢？

我定睛凝望。牆壁前方七、八公尺之處圍著一道滿是塵埃的綠色鐵絲網，看來是沒辦法接近牆壁了，除非想要爬過那道高達三公尺的鐵絲網。

「妳看，就是那個。」

一直默不吭聲的阿茂依然把手插在口袋裡，只用肩膀指著一個方向。

「啊？哪裡？」

我發出疑問，頭上駛過的車聲幾乎完全蓋過我的聲音。

此時附近的路燈毫無預兆地亮起，黃昏之中僅剩的燈光黯淡得彷彿隨時都會消散。這光芒照亮了道路和一部分的灰色牆壁。我不由得摀住自己的嘴。

那裡有一位少年。

他就在那邊，從灰暗的牆上注視著我們。

5

那幅畫既精緻又逼真，看起來確實是活生生的。那位少年的年紀大概是十到十二歲，褲子是黑色的，也可能是褐色的，枯葉色彩的毛衣裡面露出了藻綠色的衣領。

他的長相挺可愛的，再加上頭髮有點長，看起來簡直像個女孩子。他的嘴角帶著靦腆的微笑，雙眼閃閃發亮，充滿了好奇。

如果光是這樣，也沒有什麼稀奇的，像這樣文靜乖巧的孩子到處都是。但是……

「喂，阿茂……」

真實的少年轉過頭來，他似乎一直在偷偷觀察我的反應。我的語氣有些不自然。

「喂，阿茂，那幅畫怎麼怪怪的？那孩子的右手……」

我說到一半就停下來了，我實在不知道該說什麼。

畫中少年的右手竟然是一根白骨……再仔細看，他的左腳也是。

「喂喂，阿茂。」我拉著少年的手臂。「這幅畫本來就是這樣嗎？」

「我哪知道。」

「這樣很恐怖耶。」
「我不是一開始就說了嗎?沒什麼好看的。」
少年皺起了鼻子,像是在說「妳看吧」。我望著牆上那幅令人毛骨悚然的畫像,想了一下。
「……我想回去了。」
「要回去就自己回去。」
「別這麼冷淡嘛,天色已經暗了,你陪我走一段啦。」
「誰理妳啊。」
少年一副懶得搭理的樣子,我還是拉著他的手臂,想要盡快離開這裡。
這時我突然發現,鐵絲網對面有人影在動。
我嚇得發出小小的驚呼,緊緊攀住少年的手臂(阿茂明顯露出厭惡的表情)。從水泥柱後面冒出來的是一個瘦小的男孩,看起來很像牆上的少年。
我乾澀地嚥著口水,死攀著身邊的少年,動都不敢動。出現在鐵絲網另一側的孩子朝我們走近,以悠哉到令人愕然的語氣說:
「阿茂,快來啊,我先進來了。」
少年一邊說,一邊還笑嘻嘻的。阿茂用活動自由的另一隻手按住自己的臉,我斜睨著他說:

「喔？那是你的朋友嗎？」
「誰會跟鬼交朋友啊？」
少年轉向一旁，喃喃說道。我依然緊揪著少年的手臂，但目的已經變成了防止他逃跑，另一隻手朝著鐵絲網後方的少年揮動。
「好久不見了，潤，你好嗎？」
阿茂一臉愕然，我便朝他眨眨眼。
宇佐美潤，國中一年級。我和這個可愛又溫和的少年見過幾次。對方也立刻認出了我，眨著大大的眼睛說：
「咦？是入江家的姊姊？妳怎麼會來這裡？」
我還想問你咧。
「什麼嘛，原來你們認識啊。」
阿茂的語氣像是在指責我是個騙子。我沒有義務向他解釋，但還是坦白地說：
「潤有個姊姊，叫作小愛，剛好我的朋友之中有一個人也叫小愛。而那個朋友的弟弟就叫作潤。很巧吧？」
「幹麼說得這麼囉嗦？簡單說，妳認識潤的姊姊就對了。」
「是這樣沒錯。」
我偷偷吐了舌頭。看不出來這孩子的腦筋轉得還挺快的。但這句話可不能說出來。

「話說回來。」我交互望向兩位少年。「你們到底有什麼企圖？」

「幹麼把人家講得這麼邪惡。喂，潤，你要待在裡面多久啊？快出來啦。」

潤用力點頭。

「嗯，這次先取消吧。」

他一說完就跑開了，那邊一定有個出口。阿茂瞪著他的背影，口中啐了一句

「那個呆子」。我突然有點同情他，便打著圓場說：

「你們兩人感情不錯嘛。」

6

「所以你們到底在那裡做什麼？你們認識畫上的男孩子嗎？」

我喝著用紙杯裝的淡咖啡，依次望向兩位少年。潤不好意思地露出微笑，阿茂

則是板著臉沉默不語。

——媽媽叫我不可以跟不認識的人走。

剛才阿茂丟下這句話就準備逃走，但還是被我抓了回來。

——可是我認識這個姊姊啊。

由於潤在無意之中提供了協助，於是我把兩人都帶來車站前的速食店二樓，開始向他們「問案」。

「那個……」潤戰戰兢兢地開了口，大概是耐不住現場的沉默氣氛吧。「我們在小學的時候就認識了，我和阿茂和……」

「和塚原弟弟？」

我一插嘴，他就點頭說：

「姊姊也認識阿景嗎？」

「不算認識啦……你說的阿景是他的名字嗎？要怎麼寫？」

「他叫作塚原景太，景色的景。」

「風景畫的景啦。」

阿茂突然插嘴。潤點頭回答：

「嗯，因為阿景的爸爸是畫畫的。阿景常常說要像爸爸一樣當個了不起的畫家，他畫圖畫得很好喔。我們上了同一所國中，可是去年寒假剛開始的時候，他就在那裡被車撞死了。」

「喂，潤。」嚴厲的聲音傳來。「別這麼多嘴。」

潤被阿茂一罵就不高興地噘起嘴巴，但也沒再說下去，只是默默拿起面前的紙杯，專心地喝起優格奶昔。我把一隻手肘靠在桌上，斜眼瞪著阿茂。

「你很有威嚴嘛。好，那我就問你，你和潤約在那裡到底打算幹麼？」

「沒有要幹麼。」

「你把我趕走以後打算做什麼？看你藏得這麼緊，絕對不是什麼好事。看到你特地在美容院外面等我的時候，我就覺得奇怪了。你一定是擔心在十字路口被我撞見，所以乾脆直接帶我去，才能趁早把我趕走，可是因為潤在那裡閒晃，把你的計畫都搞砸了。」

「不要自己在那邊瞎猜，我哪有什麼計畫。」

阿茂癟著嘴巴，不高興得像隻剛睡醒的熊。

「天曉得。我一直覺得很奇怪，那個傳聞是怎麼傳開的？鬼到底是打哪來的？」

「我怎麼知道，妳不會去問鬼啊？」

「我已經在問了。」

我把紙杯叩的一下敲在桌上，阿茂的粗眉微微一抖。我繼續說：

「十字路口的鬼就是你們吧？」

簌簌簌簌簌……

旁邊傳來異樣的聲音。

我轉頭一看，發現潤正滿臉通紅地吸著奶昔。看來這是一種需要考驗肺活量的飲料。他放開吸管，呼呼喘氣。

「太硬了，好難喝喔。」
潤自言自語地說。
「等它融化了再喝啊。」
「嗯，就這麼辦吧。可是我們不是故意的喔。」
「啊？你說什麼？」
「就是鬧鬼的事啊。暑假的時候，我和阿茂跑去那裡玩，有個阿姨看到我們，就發出好大聲的尖叫，我們趕快躲起來，後來就出現了那個傳聞。是吧，阿茂。」
阿茂沒有回答，只是唔唔地沉吟。我不禁苦笑。
「我總算搞清楚鬼的真面目了。不過你們是怎麼進去的？」
「真囉嗦。有一個地方的鐵絲網脫落了。」
阿茂厭煩地回答。我有點想問「脫落？是被拆掉的吧？」，最後還是決定不說。我問了另一件很在意的事：
「塚原弟弟的父親為什麼要畫那麼嚇人的畫啊？」
「不是啦，那幅畫本來很正常，但是到了十月左右就漸漸變成白骨了。」
潤天真無邪地說道，發出比剛才更輕快的簌簌聲吸起奶昔，我也喝起變冷的咖啡，過了一下才發現不對勁。
「畫在牆上的畫怎麼可能變成白骨？」

「妳不相信嗎？」

潤歪著腦袋說。他做這個姿勢的時候真的很像小愛。

「其他人也不相信，大家都說『怎麼可能有這種事？』。」

我驚訝地仔細打量這位少年。他看起來像是少了好幾根筋，有時卻會突然變得很聰明。我沒有立即回答，而是先想一下。如果他說的話是真的，而圖畫絕對不會自然地變成白骨，可見一定是有人修改了那幅肖像畫。若是如此，會是誰做的呢？為了什麼目的？

「我是覺得不太可能啦，但還是要確認一下……該不會是你們修改的吧？」

兩個少年互望了一眼，同時搖頭。

「不可能啦，我美術二耶。」

「我的美術也是二。」

潤用雙手的掌心捂著紙杯加溫，跟著說道。兩人不同的敘述方式聽起來挺有趣的。為了小心起見，我又向他們確認：

「你們說的是五段評分嗎？」

兩人不約而同地用力點頭。我不禁想著：「這種成績有什麼好驕傲的？」

我默默思考還有誰可能做出這種事，吸奶昔的簌簌聲在一旁伴奏著，然後逐漸停歇。喝完奶昔的潤猛然起身，笑著說：

「我等一下還要補習，我先走了。」

「現在可是週六晚上耶，你還真辛苦……要補到很晚嗎？」

「到晚上八點，反正明天不用上學嘛。謝謝妳的招待。」

潤乖巧地鞠躬。

「不客氣，幫我向你姊姊問好喔。」

「好，我會說的。」

他活潑地說完就跑掉了，剩下我和阿茂兩個人大眼瞪小眼。

「別看那傢伙回答得很爽快，他回到家以後一定會忘記。」

「沒關係，反正我和他姊姊每天都會見面。」

「什麼嘛。」

阿茂第一次露出了笑容。看到他的表情，我突然覺得有點內疚。就算他們行動可疑，就算其中一個是我朋友的弟弟，把他們帶來這裡問話還是太過分了。雖然現在才反省有點晚了。

「對不起，我硬把你拉來這裡問東問西的。」

「幹麼突然道歉啊？」

阿茂睜大了眼睛。他做出這表情時，比原來顯得更加稚氣。少年打從心底感到訝異。

「因為我真的做錯事了嘛。」

「我就算做錯事也絕不道歉。」阿茂得意洋洋地說。「道歉就輸了。」

「是這樣嗎？」

好個硬派的人生哲學。少年用力點頭，然後壓低聲音說：

「關於鬧鬼的事……」

「嗯。」

「我只是假設喔，如果真的出現了該怎麼辦？」

「……什麼出現了？」

我畏懼地問道，阿茂一臉不屑地說：

「就是不知道才要調查嘛。可是，如果我被人那樣殺死，一定會變得陰魂不散。」

「被殺死？」

少年哼了一聲，忿忿地丟出一句：

「肇事逃逸啦。」

7

當天晚上我打了兩通電話。

第一通是打給小愛。

「怎麼了？難得妳會主動打電話給我。」

「嗯，是啊……」

我回答得不太乾脆。我和長舌的小愛是截然不同的類型，其實我很怕講電話，如果沒有要事，我絕對不會主動打電話給別人。

但我這天晚上打電話給小愛並沒有明確的目的。

「那個……」我開口說道。「我最近都沒去妳家拜訪，想問問你們過得好不好。」

小愛在電話的另一頭笑了，一定是在笑我突然說些沒頭沒腦的話。

「託妳的福，大家都很好。」

「妳弟弟呢？他現在在做什麼？」

「大概去補習了吧，好像還沒回來。」

「才國一而已就這麼拚命。」

「他雖然沒用，好歹也是要繼承家業的兒子嘛。」

「他會繼承妳爸爸的公司？」

「或許吧，至少我父母是這麼打算的。」

「喔喔……」我隨口附和。「對了，小愛，妳有沒有聽過宮下町十字路口的傳聞？」

「妳是從哪聽來的？」

「我今天去剪頭髮的時候聽到的。」

「喔。據說出現在那裡的鬼是我弟弟的小學同學，他們以前感情好像還不錯。」

「他的爸爸是畫家嗎？」

「是啊，他也有在雕刻，好像自創了現代雕刻還是什麼的，他家的庭院裡到處都堆滿了雕刻作品，如果騎上去玩還會被罵呢。」

「被他爸爸罵？」

「不是，他爸爸人很好，只會笑咪咪地看著，罵人的是那個死去的孩子。他平時很好相處，但是來他家玩的孩子如果碰到那些作品，他就會滿臉通紅地破口大罵喔。那孩子一定很尊敬自己的爸爸。」

「唔……」

這話聽起來真叫人心痛。接著小愛興奮地說：

「對了，小駒，說到鬼啊，今晚九點有一齣好電影喔。」

「別說了，一定又是頭顱亂飛、腐屍走來走去的內容吧。我要是看了那種電影一定會睡不著。」

「這樣才刺激嘛。」

小愛光看外表明明是個一見血就會昏倒的弱女子，沒想到會這麼熱愛血腥恐怖片。果真不能以貌取人呢。

「差不多要開始了，那我掛電話囉。掰掰~」

說完她就直接掛斷。這個人還是一樣我行我素。

我接著撥了阿蛋家的號碼。

「妳要幹麼？」

阿蛋一開口就是殺氣騰騰。

「沒有要幹麼啦。」

我這麼一說，她就無情地回答「那就別打電話來」，我若會因此退縮的話，就沒辦法當她的朋友了。

「妳心情很差耶，又遇到瓶頸啦？當藝術家真辛苦。」

阿蛋是就讀美大的未來藝術家，但她有個壞習慣，每次遇到瓶頸就會把氣出在周遭的人身上，當她處於這種狀態時，我也會盡其所能地發揮出白目的精神。我很快地接下去說：

「問妳喔，阿蛋，妳認識塚原修太嗎？」

「不認識。」

她不高興地回答。

「咦，連妳也不認識嗎？算了，沒關係，我只是想看看那個人的畫冊，但是一直找不到。」

「……妳是要叫我去找嗎？」

「就是這麼回事。」

我聽到哼的一聲。

「我們下週就是學園祭了耶。」

「反正妳正在水深火熱嘛，要轉換一下心情才不會越燒越焦。」

「不要把人家說得像火鍋一樣。算了，我有心情的時候就會去找的。他是什麼類型的？」

「啊？」

「我是在問妳塚原修太畫的是怎樣的畫啦，油畫？水彩畫？還是版畫？」

「……不知道。」

「寫實還是抽象？」

「我也不知道。大概是寫實吧。」

「大概？」阿蛋用諷刺的語氣說。「也就是說，妳要我去找一個根本不知道存不存在的東西對吧。我完全明白了。妳好大的膽子啊。」

「麻煩喵～」

我發出撒嬌的聲音。

「什麼啊？」

「我說的是『麻煩妳了』。」

阿蛋又哼了一聲，語氣之中帶有一絲苦笑的意味。

「一跟妳講話，我覺得自己的煩惱很愚蠢。好啦，我知道了，塚原修太對吧，我會注意的。就這樣，我找到了再打電話給妳。掰啦。」

阿蛋用比剛才開朗了一點的語氣接受了我的請求。

8

「妳這電話來得真快。」

說完之後，我朝對方燦然一笑。

「沒想到妳這麼快就幫我找到了。」

才隔一天我就收到了回音。阿蛋雖然答應得心不甘情不願，但她一旦答應了別人就會竭盡所能，這就是阿蛋啊。

「……真怪。」

阿蛋聳了聳肩，喃喃說道。那本畫冊如今就放在我的腿上，因為先前被阿蛋捲起來，所以整本書變得彎彎的。攤開一看，封面用斗大的歌德字體寫著「塚原修太油彩畫集」，但是下方那行小字更加吸引我的目光。

『CROSS ROAD』

CROSS ROAD，十字路口……真是個奇妙的巧合。

封面是一幅田園風光的油畫，看起來很普通，阿蛋說過的那句「平庸畫家」又清晰地浮現在我的腦海。翻了幾頁看看，我就發現她的評論真是中肯到近乎殘酷。

問題不是出在繪畫技巧不成熟、設計或構圖欠佳這些層面，若從這些角度來看，他的水準還挺高的，但是……

有些畫的是初夏的森林，有些畫的是閒散的田園風光，還有以「春天」為標題的小河和原野，每張都畫得很好、很漂亮。不過也就只是這樣，不會讓人興起絲毫的感動。

「簡單說，每張都像風景明信片。」

和我一起看著畫冊的阿蛋說道。

「全都是普通的風景畫嘛，如果只是要把美麗的景象臨摹下來，大可用照相機拍下來，一秒鐘就結束了，也不需要花時間作畫。」

「講得真刻薄。」

「難道不是這樣嗎?照相機剛發明的時候,有個叫德拉羅什的畫家就很誇張地哀號『繪畫已經死了』。從這種角度來看的話,這些圖畫也都是死的,不是嗎?」

我總覺得阿蛋的攻擊力道似乎超出了必要的程度。我輕輕搖頭說:

「我不知道,我又不是美術評論家。」

「是嗎?那就看看最後面的畫家經歷吧,妳一定會笑出來。」

阿蛋一把搶走畫冊,翻到最後一頁,再遞給我。我一邊看一邊讀:

「T美大肄業……他和妳同校呢。在法國留學兩年,回國以後受過黑岩健吾、丸山幾雄、藤生邦明、三宅隆……啊,也有尾崎炎的名字耶。」我在一堆人名之中看到了認識的名字,不禁喊起來。「……等人的指導。他的老師還真多。」

「妳光看這些名字大概看不出什麼名堂吧,黑岩健吾是有名的現代藝術家,而丸山幾雄被稱為日本畫的大師。」

「啊,我好像聽過。」

「對吧?還有,藤生邦明最近挺紅的,妳應該知道吧?就是搞絹版印刷的。」

「啊,就是很喜歡用一大堆顏色的那個人吧。」

「對對對。再來的三宅隆是個雕刻家。至於尾崎炎嘛……」

我們相視而笑。今年夏天我們基於某些理由和這位抽象畫的畫家有過一面之緣，不過對方應該完全沒注意到我們。

「總而言之，塚原修太這個人無所不學就是了。」

「其餘的還有石版印刷、濕壁畫，甚至是水墨畫。依照我們教授的意見，他根本沒有一件事可以堅持到底，包括大學在內。」

「妳教授的意見很嚴厲呢。」

「這也是應該的，妳看他繞了這麼多路，最後畫的卻是這麼普通的風景畫。」

阿蛋對那本畫冊投以冰冷的眼光。我默默地往前翻一頁，看到上面印著畫家自己對每一幅畫的解說，多半是完成的年份或是所畫風景的地名，還有簡短的感想。我讀著讀著便看到以下這一行字：

將這幅作品獻給亡妻，以及最理解我的幼子。

只有這句話，沒有提到完成年份或地名。這行字的上面寫著「CROSS ROAD」。對了，我還沒看到作為畫冊副標題的那幅畫呢。想到這裡，我急忙翻開彩頁的最後一頁。

如同標題所示，這幅畫的主題就是十字路口。中間是交錯成標準十字形狀的道路，路旁有一棵直挺挺的樹。畫面上只有這些東西，沒有人、動物、山丘或建築物，只有遼闊荒野中的十字道路和一棵樹。

雖然這幅畫是彩色的，卻給人一種單色的感覺。其他顏色的東西全被排除在外，整體看起來很晦暗，整個畫面充滿了肅殺的氣氛。

「喔？這幅畫倒是不錯嘛。」

阿蛋看著畫冊，如此評論道。原來她並沒有整本看完。我望了她一眼，然後摸摸品質不太好的紙張。摸起來粗粗的，冷冷的。

「CROSS ROAD。十字路口啊……」

我喃喃說著。不知怎的，這個詞讓我想起了那個鬧鬼的十字路口。阿蛋或許也想著相同的事，她突然開口：

「我也想看看這個人畫的肖像畫，我們現在去宮下町吧。妳來帶路。」

她立即站起，催我趕緊動身。

「可以是可以啦，但是先等一下。我想要把這個影印出來。」

我揮一揮手上的畫冊。

「幹麼影印那種東西？」

阿蛋露出不屑的表情，然後爽快地說：

「不用印了，妳整本拿去吧。」

「真的嗎？」

「嗯，我一點都不想要。」

這句話對畫家很失敬，但我還是感激地收下了。

「真幸運，幫了我一個大忙。」

「省了影印費？」

「討厭啦。那也是一個理由，不過我上次在這裡印東西時，影印機不太正常，卡紙卡了三次，讓我覺得好丟臉。」

「妳是在影印什麼？」

「不重要啦。」

我隨口糊弄過去。

「總之謝謝妳的畫冊啦。我會還妳這份人情的。」

「真不知該說妳厚臉皮還是懂禮數。總之我們快點走吧，圖書館的人一直嚴肅地看著這邊喔。」

「既然妳發現了怎麼不早點說！」

我有些慌張，小聲地向阿蛋抗議。我們好像真的聊太久了，但是阿蛋一點都不在乎，大搖大擺地率先走了出去。

9

從圖書館到宮下町不會太遠，走路大約只要十分鐘。我們沒有經過車站，而是沿著另一邊的高架道路走。在大型車輛的噪音干擾下，我們還是繼續閒話家常。

聊著聊著，我聽見了不知從哪傳來的鴿子叫聲。

「咕咕咕～咕咕咕～」

我學起鴿子叫，阿蛋立刻丟出一句「一點都不像」。

「我看過學研出版的鳥類圖鑑，上面清楚地寫著斑鳩是這樣叫的。」

「圖鑑……」

「我最喜歡圖鑑和百科全書了，看到就覺得開心。」

「難怪妳學了這麼多亂七八糟的知識。」

她又補上一句「雖然毫無用處」，我當作沒聽見，繼續分享那些其實很有意義的知識，譬如「鳩鴿科的鳥類通常會在二月和七月下兩顆蛋」。這時我突然想起一件事。

「對了，我以前看過鳥蛋從天而降耶。」

「為什麼鳥蛋會從天而降？」

阿蛋訝異地問道。

「那大概是斑鳩的蛋吧。當時我站在宮下町的十字路口，突然聽到啪的一聲，然後就看見一顆小小白白的鳥蛋掉了下來。大概只有鵪鶉蛋那麼大吧。」

「妳跑去那裡做什麼啊？」

「我忘記了，那是很久以前的事，大概是小學二、三年級吧。不過我還記得那是夏天。」

「這樣啊，真意外，沒想到斑鳩會在那種地方做窩。那裡環境很糟糕耶，車聲吵死人了。」

我們不約而同地抬頭，望向高架道路的底部。那裡已經被塵埃和廢棄熏得發黑了，住起來鐵定很不舒服。

「我也不知道。不過我當時嚇得要死。那顆蛋當然破掉了，蛋黃都流了出來。我覺得這件事很嚴重，所以一直想著，那顆蛋是意外掉下來的嗎？還是因為孵了很久都孵不出來，才被鳥媽媽丟掉的？結果沒過多久……」突然浮現的記憶令我愣地眨了眨眼。「就被車子輾過去了。」

「在那個十字路口？」

「是啊。總而言之，對當時的我來說，天上掉下一顆鳥蛋是一件大事，我心想一定要立刻告訴媽媽。」

小孩子就是這樣，一點小事都覺得好像是天塌下來了，每次碰上這種事，我都一定要去告訴我當時的生活核心——媽媽。我有生以來第一次看到蛞蝓也是一樣，我想那一定是房子不見的蝸牛，就喊著「不得了啦不得了啦」跑去找媽媽，等到媽媽來了以後，我就學到了一個新的名詞。

人的記憶真是奇妙，有時一個記憶會牽動另一個記憶，讓人想起一些意料之外的事。

當時我被天上掉下來的鳥蛋嚇到，忘記自己站在路口，立刻拔腿狂奔，就在那一瞬間，我的肩膀被人抓住，害我跌了個四腳朝天，接著看到一輛大卡車轟隆隆地從我的眼前開過去。過了很久以後，我才明白當時發生了什麼事……不對，是本來應該發生什麼事。

「如果不是被路人拉住，現在我大概也成了那裡的地縛靈吧。」

「真危險。」阿蛋踢開腳邊的小石頭。「妳這種性格從小到大都沒變呢。」

「哪種性格？」

「妳對什麼東西感興趣時就會一頭栽進去，完全不顧周遭的情況。妳最拿手的就是沉浸在自己的世界了。」

「請說我想像力豐富。」

我不滿地甩頭，突然撞上了停下腳步的阿蛋。她一臉驚奇地轉頭問我：

「炒芝麻，妳說的男孩畫像就是那個嗎？」

她指著鐵絲網的對面。
「是啊。」
我點點頭，跟著轉頭望去，當場嚇了一跳。
應該在牆上的少年肖像消失得無影無蹤，而我們愕然注視的地方畫的竟是一副完整的白骨。
「阿蛋……那個難道是……骷髏？」
「幹麼問我。怎麼看都是骷髏吧。」
阿蛋的聲音像是在生氣。
那個看起來和生物教室的骨骼標本一模一樣，完全是一副骷髏。
「聽妳的敘述，牆上畫的應該是個男孩吧。」阿蛋瞇起眼睛，諷刺地看著我。
「虧妳有辦法看得出這個是男孩。妳該不會學過骨相學吧？真了不起。」
「昨天畫在牆上的確實是個男孩啊……啊，對了，當時已經有一些地方變成白骨了。」
「過了一晚就整個人都變成白骨了？說什麼傻話嘛。這又不是格雷的肖像（註7），妳以為我會相信嗎？」

7　出自王爾德的小說，主角格雷許願永保青春，他的願望成真了，但他的肖像畫卻一天天地老去。

說完之後，阿蛋大步走過去。

「妳去哪啊？」

「妳不是說過有個地方可以進去嗎？既然這樣，我一定要調查個清楚。」

我勇敢的朋友說得一副理所當然的樣子。

我們沿著鐵絲網走了一陣子，就看到阿茂口中那個「鐵絲網脫落的地方」。與其說是「脫落」，還不如說是「拆掉」，是誰做的就不得而知了。鐵絲網顯然是被老虎鉗之類的東西剪出一道U字形。我模仿阿蛋的動作，像掀布簾一樣推開鐵絲網爬進去。地上到處都是碎石，很不好走。

圍著鐵絲網的狹窄空間給人一種奇怪的感覺，自己彷彿成了籠中的小鳥。外面一輛輛飛馳而過的車子似乎很遙遠，布滿灰塵的灰色牆壁卻很近。

走近牆邊仔細一看，畫在上面的東西怎麼看都是骷髏。一直盯著這種東西看，讓人覺得很不舒服。我們平時不會意識到這點，但是仔細想想，每個人的體內都有一組這種東西，其實還挺驚悚的。

阿蛋不光是看，還用手指撫過繪畫的表面。我雖然有點害怕，但也輕輕摸了骷髏的鎖骨。因為這幅畫很逼真，我還很愚蠢地想著如果摸起來也像真正的骷髏該怎麼辦？結果當然不會有這種事，我只摸到了牆壁粉粉的觸感。我把鼻子貼近牆壁，聞到的是濕濕的水泥味和汽車廢氣的味道。

「這是油畫。」

阿蛋轉頭說道。

「我不是懷疑妳，但我還是想再確認一次，那幅男孩的肖像真的是在這裡嗎？」

她拍拍骷髏的額頭說道。我一邊想著「小心鬼來找妳」，一邊小聲地回答：

「真的啦，至少昨天還在這裡。」

「昨天……如果妳說的是真的……」

「是真的。」

「好啦。所以事情只能這樣解釋了：有人專程跑來把男孩的畫像刮掉，畫上這幅骷髏。而且是在一夜之間。」

她特別強調了「專程跑來」這幾個字，聽起來像是揶揄。看樣子確實只能這樣解釋了。我和昨天認識的少年一樣不悅地癟著嘴。

「一個晚上畫不出來嗎？」

「畫是畫得出來啦，但妳說誰會做這種事？理由是什麼？」

「我怎麼知道理由是什麼，只有畫的人才知道吧。」

我蹲在那幅骷髏的腳邊，那裡有一行用羅馬拼音寫的簽名——S・TSUKAHARA。我翻開手上的畫冊對照。

「應該是同樣的簽名。為什麼塚原先生要做這種事呢？」

「等一下。」阿蛋突然大聲喊道。「不管是誰做的，都不可能是塚原修太。」

「為什麼？」

「因為他今年年初又去了巴黎。他有寄信來跟我們教授打招呼，意思大概是想要回到原點重新出發，之後一直沒有回來。他是個很懂禮數的人，不會一聲不吭地就偷偷跑回來的。」

「所以這幅畫到底是誰……」

我這句疑問只說了一半就打住了。朋友依然沉默地盯著眼前的畫像。

在十字路口中央盯著往來車輛的骷髏，像是在宣示曾經有個孩子死在這裡。頭髮就算剪得太短還是會再長長，但是孩子死掉不可能復生，就連畫在牆上的孩子都沒辦法永遠待在那面牆上。

我又想起了那顆鳥蛋的事。沒有孵出來的蛋，如同死掉的孩子。牠沒有看過這個世界一眼，就這樣消逝了……

「回去吧。」

阿蛋踢著小石子說道，我輕輕點頭。

我們轉身往回走，汽車的噪音和震動依然重重包圍著我們。

10

成群的鳥像煙霧一樣，在灰暗的建築物之間不停地改變形狀。裡面的每一隻小鳥都在用力地鼓翅。

「哇，好壯觀。那是什麼鳥啊？」

我像孩子一樣發出驚嘆。

「誰知道，大概是千鳥吧。」

阿蛋的回答聽起來很敷衍。我歪著頭說：

「千鳥會出現在這種地方嗎？那是住在水邊的鳥吧？《智惠子抄》不是也有寫到嗎？無數的朋友叫著智惠子的名字：吱、吱、吱、吱、吱。好像是在寫九十九里沙灘的詩吧。」

「喔喔，妳說光太郎啊。（註8）」

被阿蛋這麼一說，聽起來好像馬的名字。我忍不住笑了。

「不是有所謂的千鳥格紋嗎？那種花紋就像是『凍結的時間』。活生生的東西在畫面最美的一瞬間停了下來，如同影片播到一半時按下停止鍵。」

8　《智惠子抄》的作者高村光太郎。

我做出按遙控器按鈕的動作，阿蛋沉默地走著，過了一會兒才靜靜地回答：
「……要這樣說的話，所有的圖畫都是停止的時間了。」
「就是啊。」
圖畫中的所有東西都是停頓的，無論是風景、靜物，還是人物，全都不會動，也不會腐壞，不會風化，更不可能成長，畫中的世界只容許它們一直靜靜地待在那裡。
我想起了剛才看到的詭異畫像，那畫的是「死亡的時間」。到底是誰做了這種事？為什麼這樣做？
我只能一再重複這些問題，卻得不到答案。
我看看身邊的朋友，她一定也在想同一件事，但我們兩人都沒再提起那件事。
某處傳來了喊喊的叫聲。
「一定是斑鶇。」
「啊？」
阿蛋轉頭看著我。
「剛才那一大群鳥。」
「喔喔，妳說那個啊。」
「斑鶇是冬季候鳥，一到秋天就從西伯利亞成群地飛來，在日本過冬，到了春天又飛回西伯利亞。」
「這也是從圖鑑上看來的嗎?」
阿旦的語氣很開朗,她雖然在調侃我,卻沒有戲弄的意思。
「是啊,那是給小孩看的鳥類圖鑑。」
「我是不是也該看些昆蟲圖鑑來和妳拚一拚啊?」
阿蛋眨著一隻眼說。我們兩人一起縱聲大笑。
鳥形成的雲霧時而伸長時而縮短,彷彿一直在相同的地方繞圈。
「嘿,阿蛋。」
「嗯?」
「為什麼鳥不會迷路啊?西伯利亞應該很遠吧?」
好友聳聳肩膀。
「因為根本沒有所謂的正確道路。」
她講話就是這麼犀利。不過我覺得或許就像她說的一樣。
打從一開始就沒有什麼正確的道路,有的只是逼人做出決定的十字路口。
如煙霧般的鳥群再次從大樓之間掠過,化為黑色剪影不停飛翔的鳥兒們有時露出蓋著柔軟羽毛的腹部,有時把鮮豔的背部朝向我們,在空中瞬間靜止定格。

一瞬間。

同時也是永恆。

我望著天空，對身邊的朋友說：

「嘿，阿蛋，鳥在飛的時候看起來是不是很像小小的十字架……」

入江駒子小姐：

我讀完妳的第二篇作品了。

這次似乎跟上次一樣，寫的也是妳最近的親身經歷。和上次不同的是，這次妳一聽見鬧鬼的傳聞就決定要寫這個題材，為此做了很多不像妳會做的事，譬如把孩子抓來問話，以及打算影印畫冊當成寫作的參考資料，讓我忍不住邊看邊笑。妳起初是因為我隨口一句話而開始創作（因為只是實驗性質，嚴格說來或許不能稱為創作），真沒想到妳竟然可以堅持到現在。若是問我的意見，我建議妳一定要繼續寫下去，雖然我沒資格對妳的事情指手畫腳，但我真的覺得有努力的價值。

有件事讓我挺在意的，妳上一篇故事裡用了大量的比喻，這次卻少了一半，而且幾乎完全看不到抒情的字句。我在想，這是不是因為我上次的感想呢？如果是這樣，我會很內疚的，覺得自己好像搶了孩子的糖果。請妳不用把我說的話放在心上，想寫什麼就寫什麼吧（聽我這樣說，妳大概又會罵我「話都是你在講的」）。

好啦，再來要談談最重要的劇情。

妳在開頭就說了這是關於鬧鬼的故事，不過從頭到尾都沒有鬼出現，完完全全是個活人的故事。在看這個故事時，我不斷地想到一句話。

想讓死人復活的是活人。

死去的少年不是這個故事的主角，故事裡的每個角色都是活生生的人，包括老是臭著臉的阿茂、喜歡裝傻的潤、有酒渦的可愛美容師，當然也包括妳和妳的朋友們，全都是很有魅力的人物（我想一定會有人抱怨兩位少年的出場戲份太少，而我個人也很想多看到一些真紀小姐的事）。

不過真正的主角不在這裡，而是在遙遠的巴黎。

我指的當然就是那位畫家——塚原修太。

如果讓我來說這個故事，我應該會從他在十字路口畫下死去的兒子寫起吧。對塚原修太來說，那是一切的結束，但也是一切的開端。

這篇故事裡充滿了各種意象，我甚至覺得，就連塚原修太的人生也是極具象徵性的，因為他的人生中有太多的期待，獲得的東西卻是那麼地少。

我無法百分之百地理解走上藝術這條路是怎樣的心情，值得感謝的是，我還是可以自由地想像與揣摩。

他的心中具體存在著極致的「美」，但他卻不知道該如何表現出來。問題不是沒有方法，而是方法太多，以致他不知道該選擇哪一種，所以他只能一個一個地嘗試，不過別人看了一定會覺得他只是無法持之以恆吧。

如果他能找到適合的方法就好了，但我認為他一定是個永遠的探索家，不管做什麼都無法滿足，就像佇立在十字路口的旅客，不知道該往哪個方向走。不管選擇哪條路，結果還是回到了同一個地方，就像在原地踏步。最能表現出他這種心情的，大概就是刊在畫冊裡的最後一幅作品「CROSS ROAD」吧。

妳的朋友會那麼激烈地批評他，或許就是因為這樣。她完全理解他的猶豫，所以才會那麼憤怒，因為她也是佇立在十字路口的人，雖然她猶豫的理由或許和塚原修太不盡相同。

她想必比妳更了解繪畫，所以我覺得她一定也比妳更清楚十字路口鬧鬼的事。好比說，她一定知道，不管是塚原修太或其他人，都沒有刮掉（或是塗掉）牆上的少年畫像，另外畫上骷髏的圖畫。

圖畫中的人在一夜之間變成骷髏是一件很詭異的事。事實上，這確實是出自某人的手筆，不過就算什麼都不做，少年的畫像遲早也會變成現在這個模樣。

妳想到這是怎麼回事了嗎？

塚原修太學過各式各樣的繪畫技巧（甚至不只是繪畫），油畫當然是其中的一種，此外還有日本畫、水彩畫，甚至是版畫。其中最有趣的一項就是濕壁畫，不用我說妳也知道，那是非常古老的繪畫技巧，用來畫在建築物的牆壁或天花板上。

濕壁畫擁有極佳的保存性，妳看義大利文藝復興時期的作品就算經過四百年還是一樣色彩鮮明就知道了，濕壁畫會被稱為「永遠的繪畫」就是這個緣故。不過塚原修太並不打算永久保存這幅畫。

他用最粗劣的方式運用了這種繪畫技巧。

我稍微研究了一下，如果要在普通的水泥牆上畫濕壁畫，因為壁面太粗糙，得先上漆打底，這是防止顏料剝離的必要步驟。但他完全忽視了打底的基礎工夫，還故意用了品質低劣的石灰漿。那種石灰漿在水分蒸發的過程中會收縮，如果塗在水泥牆上，乾掉之後的一週至十天就會出現小小的龜裂，而且那地方成天都有車輛經過，震動會讓裂痕繼續擴大，過不了一年，那幅畫就會像脆弱的磁磚一樣從牆上剝落。

這麼一來，底下的第二幅作品就會顯露出來。不，應該說是第一幅作品才對。底下是油畫，上面再用濕壁畫蓋住，他就是靠著這雙層構造製造出這幅奇妙的壁畫。

妳一開始看到的少年肖像，只是蓋住塚原修太真正作品的一層薄薄外殼，他最想畫的不是自己兒子生前的模樣，而是「死亡」。畫在牆上的少年肖像會漸漸化為骷髏，或許這個過程才是他想要展現的作品。

如果他的目的真是這樣，那他就失算了，不用說，這都是因為阿茂和潤這對搭檔的緣故。濕壁畫剝落了一部分之後，他們兩人發現了這個離奇的現象，就跑進去仔細研究，所幸當時已經是夏天，他們的生活很自由，沒有任何事物會妨礙他們的計畫。

這件事對孩子來說非常簡單。小孩很容易注意到異常的事物，他們感到好奇，然後發現了入口，進去摸到了那幅畫，就這麼發現了真相。

多麼地簡單啊。

有一件事是可以確定的，最容易找到答案的永遠都是孩子。

少年的肖像在短時間內變成一副骷髏是事實。阿茂和潤被妳阻撓過一次，但他們沒有放棄，又相約了一次。潤要離開速食店的時候不是說了補習班到八點結束嗎？那時他一定是在跟阿茂打暗號，表示「等到八點再來執行」。阿茂的心情之所以突然變好，這應該也是理由之一。妳晚上打電話到宇佐美家時都將近九點了，潤卻還沒回家，而他的家人也沒有起疑，或許他是利用了瘦小身材和溫吞個性作為掩護吧。他和阿茂個性不同，其實也是個很難對付的孩子。總之，他絕對不會只把寶貴的童年時代耗費在家裡、學校和補習班之間。

後來他們又去了一次十字路口，在牆上摸來摸去，發現了雙層構造的祕密。既然找到這麼有趣的東西，怎麼可能放著不動呢？孩子就是這樣，見到大石頭就一定要翻過來看看，膝蓋上結了痂就一定要戰戰兢兢地剝掉。

隔天妳和朋友去到那邊，看到地上有很多碎石，我想那多半就是兩個少年努力從牆上剝下來的灰泥碎塊。

妳看到這裡一定皺起了眉頭吧？但我覺得這不代表他們對死去的朋友有任何冒犯之意。只要是有過童年的人，都不能責備他們的行為。

我猜妳的朋友應該看出事情的真相了，她伸手去摸骷髏的畫像，一定是在確認乾燥的程度。不用說，那幅畫早就乾了，因為那是一年前就畫上去的。油畫不可能在一夜之間完全變乾，妳自己也說當時只聞到濕濕的水泥味和汽車廢氣的味道。既然顏料已經完全乾了，就可以證明那是很久之前畫上去的。

為什麼她沒有告訴妳這些事呢？或許是因為憐憫那位被困在十字路口的畫家，又或許是因為她自己也有同樣的感受。

藝術可以追上生命，但或許永遠無法跨越死亡。

不管怎麼說，十字路口的那面灰色牆壁既是畫家痛苦的紀念碑，又是在不公平的暴力之下死去的孩子的墓碑，同時也是對肇事逃逸駕駛的沉默指責。

罪行不會被時間磨滅，就算歲月流逝，還是會以想像不到的方式出現在眼前。就像在說「你絕對逃不出這個十字路口」。

某人寄來的第二封信

我又寫信給妳了。或者該說是第二次的通訊。

在上一封信中，我拜託妳把我從難以承受的現實之中解救出來。遺憾的是，故事並沒有朝著我期待的方向發展，出現的反而是不可能存在的可怕幻想、現實和虛構的不祥融合、逼真至極的惡夢。

妳一定無法理解我為什麼如此慌亂吧。妳故事中的十字路口是真實存在的。它令我想起了另一個類似的十字路口。每個地方都極其相似，而且同樣有一個少年在那裡失去了生命。

這一年來，那個地方對我而言是不存在的。我努力不接近那裡，不看那裡，想都不去想，竭盡全力把那個地方從這個世上抹消，但我的努力並沒有得到回報。

這次也有一件事是妳不知道，而我知道的。妳不知道是誰殺死了那位少年，但我知道。

無論是對妳或是其他人，我都不會說出那個人的名字。事情已經發生了很久，卻從來沒有人查出真正的凶手，只要我閉上嘴巴，那人就能永遠逍遙法外。而我確實打算保持沉默（就算那面牆壁繼續沉默地指責），說我膽小也好，說我什麼都無所謂。

總之，我要拉著那孩子的手繼續逃跑。一邊思考著建立在謊言上的生活到底有什麼意義。

逃啊逃啊，不斷地逃跑，但我們之後又該怎麼做呢？

三……魔法飛行

這是一個關於飛翔的故事。

你不覺得最近變得很冷嗎？秋天扣緊了枯葉色的外套，正準備收拾離開，但這個故事仍停留在仲秋時節。說到秋天，我會立刻聯想到讀書之秋、藝術之秋，當然還有食欲之秋！這真是個好季節。

上個月阿蛋讀的美大舉行了學園祭，她讓我看了她畫到一半的作品，雖然還在草稿階段，但已經能看出主題的「鳥」逐漸在畫布上成形。

「總算跨過了一個障礙。」

她笑著這麼說。我想她一定會畫出一幅佳作。

而我們學校的學園祭是在文化日和隔天，也就是十一月三日和四日。那天非常熱鬧，如果你也有來就好了。你應該很少有機會親身遊歷你所說的「仙境」吧？我們學校的學園祭和其他學校不一樣，再怎麼樣都絕不會看到滿身肌肉的大哥在叫賣關東煮，而且門口還有親切的櫃檯小姐，更重要的是，還有可能碰上一些奇妙的事喔。

為了讓你後悔沒來，我一定要寫下這個故事。

1

氣球從校舍後方飛了出來。

「啊……」

我情不自禁地叫出聲，雙手按在長桌上。氣球沿著校舍屋頂飄了幾公尺，接著緩緩上升。透明的藍色之中只有一點紅。最後紅色氣球被吸進了飄著稀疏卷積雲的天空，漸漸看不到了。

「唉。」

我嘆了一口氣，在摺椅上調整坐姿。寫著「接待處」的紙張在桌前被風吹得不住地顫動。

啾嚕嚕嚕嚕……遠方傳來了鳥鳴聲。

這是學園祭的第一天。

在準備的時候忙到簡直雙眼發昏，實際來到了崗位上卻變得無所事事，可能是因為現在才上午十點吧。我今天身負重責大任，擔任學園祭的窗口——櫃檯小姐。

櫃檯小姐不等於招牌女郎，但接待處畢竟是學校的門面，當然要找可愛的女生來擔任……很可惜，我被找來當櫃檯小姐並不是因為這種理由。真實情況就像散文一樣枯燥無味。櫃檯小姐的工作不會很辛苦，但是必須一直守在接待處。沒有一個人的犧牲精神大到願意接下這份工作，在無可奈何之下，我們決定將筆記本撕下小紙片來抽籤。最討厭的是，我只有在這種時候才會中獎。

「把籤運浪費在這種地方，到了關鍵時刻就沒得用了。」

聽到我的抱怨，富美問道「關鍵時刻是指什麼？」。

「像是抽獎遊戲啦……摸彩啦……或是買彩券之類的……」

我的回答似乎得不到對方的認同。

「喔……」

富美瞇細了眼睛。這個人光是用眼神和短短的應答就說盡了一切。她拍拍我的腦袋，既非揶揄也非安慰地說：

「妳還是好好加油吧，說不定會被哪個帥哥看上呢。」

我一聽就揮拳作勢要揍人，富美大笑著跑掉了。幹麼說這些莫名其妙的話啦！就是因為這樣，我如今才會坐在秋風蕭蕭的帳篷裡。文化日的上午是由我負責的。我並沒有把富美說的話當成一回事，但畢竟是要坐在櫃檯，還是得稍微打扮一下。我穿了淡粉紅連身裙，因為天氣有點冷，外面還加了一件白色的毛海外套。

「妳幹麼穿得這麼可愛啊？」

我一到帳篷，野枝就拉著我的外套袖子說道。她也是這次籤運和我一樣好的其中一人，和我同科系，名叫野坂野枝。這名字聽起來真像江戶時代的武士之女。她的社團和我一樣是英打社。

「妳怎麼又選了那麼枯燥的東西？」

媽媽是這樣說的。其實我並不是真的很想進英打社，而是迫於情勢才不得不加入。我正在修圖書館員的課程，而英文打字是必修科目，因為需要製作英文的圖書卡。

開始上課之後，情況很不順利。

在講解用詞的階段還挺有趣的，譬如「heading」，也就是段落的標題，或是把文章置中排列的「centering」，會讓人聯想到足球的頂球和傳中，大家還七嘴八舌地聊起了「日本職業足球聯賽如何如何」、「三浦知良超帥的」、「才沒有，我好討厭他」，但是進入實際操作的階段之後，我們就沒有這種閒情逸致了。

我早就懷疑自己比別人笨拙，但一直都只是懷疑，開始上英文打字課之後，這種感覺又加強了幾分。我的手指完全跟不上自己天生的急性子，往往是眼睛已經看到十行之後，手指卻還在打第一行。

我認為這種機器本來就有結構上的缺陷。

「為什麼字母沒有按照順序排列？光是要找到字就得費一番功夫。」

即使我抱怨連連，打字機的發明人早就在黃土之下安詳地長眠了。

我一邊看著難讀的手寫原稿，一邊死命地喀喀敲著鍵盤時，冷酷無情的老師還輕描淡寫地說：

「打完六十字元的人，改成五十字元再打一遍。」

我一聽就發出哀號，但立刻被全班學生的打字聲掩蓋過去。

教室裡敲打鍵盤的喀喀聲此起彼落，這噪音彷彿催著我動作快一點，讓我越來越焦急。再加上打字機有邊界停止機能，接近設定好的行數時，通知鈴聲就會響起。這種功能確實很有幫助，但一大群人一起打字時鈴鈴鈴鈴地響個不停，真是煩死人了。一不小心還會把其他人的邊界通知鈴聲當成自己的鈴聲，害我越來越混亂。

令我焦慮的原因還不只是這樣。坐在我斜前方的學生具備了超高水準的打字能力，她敲鍵盤的聲音接連不停，噠噠噠噠噠噠、鈴～噠噠噠噠噠噠、鈴～聽起來非常流暢。如果我是單發式的火繩槍，她就是最新型的機關槍。能用那種速度打字一定很爽快，想到這裡，我加入英打社的決心就更堅定了。

但是入社之後，我發現有的學生明明才剛入學，卻能一臉輕鬆地練習打字，彷彿已經在這裡練了上百年。更令我驚訝的是，那個學生就是我之前看到的機關槍——野坂野枝。

既然已經打得那麼好了，為什麼還要加入英打社練習打字呢？或許這只是門外漢的淺薄想法吧。

「上課教的東西水準太低了。」

她大言不慚地說著這種話，一個人獨占了練習用的機器。順帶一提，我曾經因為好奇而摸過那機器幾次，它有一個類似電腦的螢幕，旁邊連接著鍵盤。大家第一次看到這個東西，都驚嘆地說「哇，高科技產品耶」。我決定小試身手，把「初級篇1」的軟體裝進去，螢幕立刻顯示出密密麻麻的小字「jjlljjll……」，我便照著這些字敲起鍵盤。真是太輕鬆了，我甚至可以打得和野枝一樣快。我覺得自己變得好厲害，用這種速度打字果然很痛快。但是打著打著，我漸漸感到不對勁，顯示在螢幕角落的錯誤量不斷地增加。我詫異地貼近螢幕仔細一看，就氣憤地嘖了一聲。太卑鄙了，有些j和l被偷偷地對調了。明明只是機器，竟然使出這麼下流的手段。

「欺騙新手有什麼好玩的？」

我一邊埋怨，手指又在鍵盤上猶豫地躍動，跟剛才的速度相比，就像是從發明了太空梭的高科技時代退回槍械剛傳進種子島的時代，瞬間倒退了四百五十年。

「真糟糕，機器是很誠實的，既不會遺漏打錯的字，時間也算很準確。好啦，妳就好好加油吧。」

野枝說著風涼話，翻出了沒有人敢碰的「高級篇5」軟體，一邊哼歌一邊練習打字。連「初級篇1」都過不了關的我根本望塵莫及，只能束手無策地看著我們之間的差距越拉越大。

2

野枝是上午和我搭檔的另一位櫃檯小姐。她個性豪邁，而且老是嘴上不饒人，想說什麼都會毫不顧忌地說出來，因為跟她之間不需要客氣，所以相處起來反而很輕鬆。

「妳還是打扮得這麼帥氣。」

我一邊說，一邊抓住她頭上黑色鴨舌帽的帽簷，一把摘下來，斜斜地戴在自己頭上。

「怎樣？適合嗎？」

「怪怪的。」

野枝的回答很簡潔，而且也很正確。這種帽子是會挑人的，只有像野枝或阿蛋那種適合穿牛仔褲、豪邁灑脫的女孩戴起來才好看。

野枝很會打扮，而且她很擅長不花錢的搭配技巧。她隨手抄起我頭上的帽子，以特定的角度慎重地戴回去，帽子看起來就像放在正確的位置。今天野枝穿著黑底白字的運動衫和合身的牛仔褲，一頭半長的小捲髮用大髮夾隨興地夾起，此外還有野枝的註冊商標——極富設計感的咖啡框眼鏡。乍看之下沒有什麼特色，但配在一起就是帥氣十足。

互相品評彼此的打扮等於是女孩之間的問候方式。隨後我們兩人搬來椅子，把活動手冊排放在桌上，把寫了「接待處」的紙張用膠帶貼在桌前，勤快地做起準備工作，但也不至於到全神貫注的地步。沒過多久，我們就無事可做了。

我們並肩坐在椅子上，呆呆地望著天空。天上飄著細碎的雲，讓人很想拿網子去撈起來。此時學校裡靜悄悄的，還能聽到遠方的鳥叫聲。

氣球就是在這個時候飄上半空。

「喂，駒子，那個氣球……」

和我一樣注視著氣球的野枝突然說道。

「應該是剛才那個孩子弄丟的吧。」

「是啊，一定是。」

我仰望著帳篷的頂蓋。平時那只是布滿塵埃、印著「昭和某年畢業生敬贈」字樣的白色防水布，但今天卻不一樣，充滿了各種繽紛色彩。

紅、藍、黃，這些是顏料的三原色。若是光的三原色就是紅、綠、藍。無論哪一種都是純色。再加上白色，總共有五種顏色。帳篷的屋頂擠滿了一大堆鮮豔可愛的氣球，這是要送給來參加我們學校學園祭的孩子的小禮物。

從往年的客群來判斷，今年的外賓占最大比例的應該還是附近岬小學的小鬼頭……不對，是小朋友。因為平時他們不能進來，所以他們每次來參觀學園祭都開心得像是去遊樂園。送他們氣球算是校方提供的鄰居優待吧。

我們到達崗位之後，最先來到的就是岬小學的孩子。

看到那一群人從公車站的樓梯急匆匆地跑下來時，我和野枝互相使了個眼色：「來了唷。」這一夥共有五人，一眼望去最年長的是大約五六年級、高高瘦瘦的男孩，最小的是大約一、二年級、像洋娃娃般的女孩，她就像萬綠叢中的一點紅。少女身邊有兩個大約四、五年級的男孩，彷彿是守在公主身邊的騎士。我遠遠地看到他們時就注意到了，他們身高一樣，走路的姿勢一樣，等他們走近時再一看，連容貌都長得一模一樣。那是一對雙胞胎。還有一個比雙胞胎兄弟矮個三、五公分的男孩，或許是因為他戴著黑框眼鏡，感覺別具一格，就像可愛版本的博士。

這五個人一路直奔接待處，來了以後卻只盯著帳篷的屋頂。

「我喜歡黃色。」

「我要綠色。」

最先開口的是雙胞胎，他們連聲音都完全一樣。生命真是個奧祕啊。我覺得很有趣，就對年紀最大的少年說：

「你們怎麼知道這裡有在送氣球？難道你們去年也有來嗎？」

「嗯。」少年悠然望著他的小同伴們，然後笑嘻嘻地把戴眼鏡的男孩拉到身邊。

「我們一起來的。」

這兩個男孩一定是兄弟，他們的鼻子和嘴巴看起來有些相似。去年來的兩位客人，今年變成五個人一起來，該說是顧客回流率很高嗎？

「雅子是女孩，給她紅色的吧。」

雙胞胎的其中一人說道，另一人點點頭。兩人的手上已經抓著黃色和綠色的氣球。這兩個孩子動作真快。我正要把一顆漂亮的紅色氣球交到女孩手上，卻被男孩一把搶過去，他靈巧地在繩子上打了個結，套在女孩的手腕上。女孩開心地晃動手腕，看著氣球慢慢地搖曳。

「我想要藍色的。」

博士弟弟囁嚅說道。他先前一直認真地思索要選哪個顏色。野枝給他一顆天藍色的氣球，他眼鏡底下的雙眼興奮得發亮。

「那你呢？你要什麼顏色？」

我向高瘦的男孩問道，他露出尷尬的表情，含糊地搖著頭，大概是在表示「氣球那種東西是女人和小孩在玩的」吧，但他仰望著帳篷屋頂的眼神徹底出賣了他。

「白色的怎麼樣？這樣五種顏色都有了，很漂亮呀。」

我正經八百地說道，拉著氣球的繩子給男孩看。

我本來以為他會惺惺作態地說「沒辦法，那我就收下吧」，但他卻坦率地接過去，靦腆地說了句「謝謝」，看起來真可愛。野枝後來也說：

「鄉下的小鬼老實多了，真不錯。」

以她的風格而言，這算是最大的讚美了。

五色氣球湊在一起，在校園中四處遊蕩。

後來過了大約三十分鐘。這些姍姍來遲的客人都是學校相關人士及親友，一本兩百圓的活動手冊至今還沒賣出一本。有些學校規定買了手冊才能入場，但我們學校沒有這麼黑心。野枝很積極地說：

「我們可以面帶笑容地主動問人『要不要買活動手冊啊』，這東西又不貴，大家一定都會買的。」

遺憾的是，目前還沒有客人能讓我們驗證這個假設是否屬實。清閒一點也沒什麼不好的，坦白說我還比較喜歡這樣，但是十點以後一定會湧進大批人潮，現在只是暴風雨前的寧靜。

我再次仰望魚鱗般的卷積雲點綴的天空，紅色氣球已經不見蹤影。

「拿紅色氣球的是那個小女孩吧。」

我和身邊的同學聊著。

「嗯，好像叫作雅子吧。」

「真可憐。」

我由衷地同情那個女孩。拿到這樣漂亮又奇妙的東西，卻一下子就不見了，少女的心中一定感到非常地失落。

破掉的泡泡、融化的雪兔、吃完的糖果，還有飛走的紅色氣球。成長的代價就是要一次又一次地失去美麗的、重要的東西嗎？

「喂，妳在發什麼呆啊？」

個性務實的野枝轉過頭來，推了推眼鏡，如同準備開戰，驍勇地低聲說道：

「來了來了，第一波大浪就要來了。」

3

說到集客力這一點，我們學校的位置非常不利，如果要到最近的車站，無論是民營鐵路或國營鐵路，都要搭二十分鐘的公車。我們學校在若干年前搬離市中心，現在周邊都是如繪畫般的恬淡風景，最近我還看到有小學生搭著遊覽車到我們學校附近的田裡挖地瓜，那景象看起來十分溫馨，卻又讓我感到一絲寂寥。女人心果然深似海啊。

換個話題吧。我們學校的入學手冊做得很好，裡面放了大量的照片，我還覺得很奇怪，為什麼沒有加上「幸福快樂的校園生活」之類的宣傳口號。毫無疑問，其中最棒的就是那張跨頁照片：蔚藍天空、潔白沙灘，還有一群站在海邊的活潑女學生。

不過這張照片卻被剛入學的學生罵到狗血淋頭。

「看到那種照片，誰都會以為學校旁邊就是海灘吧？真是騙死人不償命。」

出身內陸地區的學生都非常失望。這也是應該的，因為要去照片上的那片沙灘（順帶一提，那是在湘南海岸拍的）得先搭二十分鐘的公車，然後再轉搭二十分鐘的電車，也難怪大家都憤慨地批評「這根本是不實廣告」。

不過也是這些學生提議將我們學園祭的名稱訂為「湘南祭」，她們的理由是「或許會有人被這個名字騙來」。所以說被害者往往都會成為加害者。實際上究竟會有多少人受害，現階段還無法判斷。總之這些海妖已經摩拳擦掌地在等著客人到來。

寫著校名和「湘南祭」的長布幔掛在校園中央的高塔上，威風凜凜地在風中搖擺。這座塔如同學校的標誌，約有六層樓高，在周圍風景之中有如鶴立雞群，非常顯眼。我在入學考試時就注意到這座塔，入學之後立刻爬上去看。小愛也和我一起去了，好奇心旺盛的她在這種時候真是個好夥伴。我們兩人爬上頂層時都快累垮了，不過塔頂的視野非常開闊，甚至看得到海，只是很小一片，就像小氣的和服店老闆心不甘情不願拿出來的一匹藍色布料。

比起緊貼在地面、被陽光照得發亮的海洋，我更喜歡遠處的富士山。其實不用爬上這麼高的塔，只要是晴朗的日子都能看得見富士山，但是在俯瞰大地的磅礡景色中，悠然佇立的富士山還是別具一格。我再次體認到為什麼這座錐狀的休眠火山會深受所有人的喜愛，不是因為它擁有日本第一的標高，而是因為美。它的姿態非常美，輪廓也很美。

我們這一趟大飽眼福，之後又來了這座塔幾次。富美也陪我們來過，但她一邊走一邊還喃喃地說「只有笨蛋才喜歡爬高」。「真是瘋了。」野枝是這麼說的。「蓋這種只有樓梯的建築物究竟有什麼意義？只是白白浪費錢。」

這話說得非常不客氣，很有她的風格。

從我們兩位櫃檯小姐所在的接待處也能清楚地看到那座塔。我從帳篷裡抬頭望去，剛好看到巨大的窗戶裡出現幾個彩色的圓形物體。那是氣球。原來剛才那五個小孩爬到塔上了。看來校方在學園祭時並沒有禁止來賓進入塔內。那座塔的樓梯不算陡，樓梯也設有扶手，而且窗戶頂多只能打開十公分，所以校方大概認為不至於發生什麼危險吧。在這個什麼都要禁止的年代，真高興可以看到這樣親切的作風。再說，蓋了塔卻不讓人上去，又何必要蓋。

我沒有太多時間思考這些事。

「來了！來了！來了！」野枝叫道。我們期盼已久的客人開始大批湧進。

櫃檯小姐的工作本來就不多，只有剛才提到的販賣活動手冊，還有發氣球給孩子，此外頂多就是介紹會場，譬如有人來問洗手間的位置就詳細地為他們說明，只有這些而已。

不過客人當然不像我們這麼了解櫃檯的工作內容，很多人硬是要我們增加服務項目，讓我們非常頭痛。

有幾個人試著把充作櫃檯的小帳篷當作物品寄放處，但我們根本沒有櫃子之類的設備，我婉轉地表示可以寄放東西，但我們不負責保管，這些人多半都會一臉不高興地離開。

最難應付的就是把這裡當成免費休息區、一直找我們攀談的人。

「喂喂，妳什麼時候下班啊？」

有人這樣問我。我心想「我又不是在打工」，但還是回答：

「我們是永久營業，沒有下班時間。」

這當然不是真的。

「好像7-11喔。」聽到對方這樣說，我當然不會繼續跟他聊「聽你這樣說，全家要怎麼辦？」，而是用笑容敷衍過去，對方唱了一陣子獨角戲，最後丟下一句「妳真安靜耶。我先走了，再見。」就離開了。我放鬆下來，拍拍心口，然後聽見一個揶揄的聲音。

「哎呀呀，妳真有男人緣。」

是小愛。

「別開玩笑了。」

我鼓著臉頰回答，小愛說「我拿慰勞品來給妳」，交給我一個紙袋，裡面放了兩罐果汁和一些零食。

「謝啦，妳想得真周到。」

野枝立即伸手抽走一罐果汁，拉開拉環，大口灌下。小愛毫不介意她的行為，反而一臉嚴肅地望著我說：

「妳對那種人太客氣了，不凶他兩句的話是會沒完沒了的。妳向野枝學習一下吧。」

她好像很生氣，只說了這句話，就揮揮手離開了。

「妳這個朋友怪怪的。唔……不過她說得也沒錯啦。」

已經吃起零食的野枝笑著說道。她的確比我直接多了，碰到這種人，她還是會笑著推銷說「要不要買活動手冊啊？」，但是收了錢之後就換上另一副面孔，吐槽對方說：

「要搭訕的話可以去原宿，效率會更好喔。」

這招我實在學不來。看著客人尷尬走掉，我不禁讚嘆「野枝，妳真厲害」，卻反而被她教訓「妳太缺乏生意人的素養了」。

姑且不論野枝「學園祭櫃檯小姐等於生意人」的論點是否可信，總之我們還是認真做著份內的工作，把氣球分發給陸續到來的孩子。那些孩子的眼睛很銳利，每個都喊著「氣球！氣球！」地衝過來。如果來的是青年人，野枝就會拿出職業笑容推銷活動手冊，所以我們的生意還過得去。再來就是介紹會場，但我在這事上犯了一個錯。有個男人一臉焦急地走過來，欲言又止地說「那個……」。

「是。」

我笑容滿面，口齒清晰地回應，但對方還是扭扭捏捏地說著：

「呃……」

敏銳的我立刻明白過來。

「要找洗手間嗎？」

對方看起來像是鬆了一口氣，頻頻點頭。我暗自想著「現在還有這麼害羞的人啊？」，一邊向他說明洗手間的位置，他聽完以後就快步離去。過了片刻，我才驚愕地發現一件事。

那就是：女子短期大學（其他女校也一樣）是男女比例懸殊的特殊圈子。基於這個原因，男性洗手間的使用頻率比女性的少很多，有些地方甚至只有女洗手間，而我剛才指給那人的地方就是其中之一。

「怎麼辦？我覺得自己好像做了壞事。」

我驚慌失措地問道。

「那個人又不是小孩，應該會自己想辦法吧，而且妳現在才擔心也太晚了。」

野枝冷淡地回答。她說得沒錯，現在才發現也不能怎麼樣。

我在心中默念三次「對不起、對不起、對不起」之後，野枝突然拉拉我的袖子。

「嘿，妳看，那是什麼啊？」

她指著被校舍切去下半部的天空說。我定睛注視著飄在那裡的東西。

「是鳥啊。那大概是……鷲吧。」

「不是鷹嗎？」

「野枝，妳知道鷲和鷹有什麼不同嗎？」

「不知道。這種事怎樣都無所謂啦，不過鷲或鷹會這樣飛嗎？」

「野枝，野枝，妳看那邊！」

我指著校舍另一邊的上空大喊。那裡還有一隻奇怪的東西飛在天上。

「什麼啊？」

野枝一臉詫異。那東西有著蜥蜴般的頭，又細又尖的翅膀，而且翅膀上還長了爪子，要說是鳥也太嚇人了。不過我在某種圖鑑上看過這種東西。

「那個應該是無齒翼龍吧，在白堊紀晚期生活於歐洲和北美洲的飛行恐龍。」

「恐龍？」

野枝錯愕地說著，還推了推眼鏡。

我們正在觀望，兩隻鳥（？）開始急速迴旋。兩者中間飄著一顆類似鳥蛋的物體，仔細一看，原來是顆白色氣球。鷲（或是鷹）和無齒翼龍把氣球當成目標，展開了激烈的爭奪戰。鷲（就當作是這樣吧）在旋轉之中迅速下降，逐漸接近獵物，但牠的攻擊沒有命中，氣球劇烈搖晃，可能是被翅膀撞到了。鷲變換成直立的姿勢，慢慢上升。接著輪到無齒翼龍出擊，這隻翼龍用弧形軌跡接近氣球，接著突然變換角度，直撲過去，尖銳的嘴啄向氣球。

啪的一聲。

我似乎聽到了氣球破掉的聲音，不過這些事是發生在高空，聲音當然傳不到這裡來。氣球像泡泡一樣消失在空中，鳥和翼龍也不知去向了。

「剛才那是怎麼回事？」

野枝的語氣強烈得像是在生氣。我不知道該回答些什麼。但是在我開口之前，就有一個人幫忙回答：

「那是風箏啦。」

4

「風箏？」

我喃喃說著，轉頭望去，發現野枝旁邊的椅子上坐了一個人，不知道是什麼時候跑進來的。那是個年輕男人，看起來像是大學生，但是有一張娃娃臉，長長的瀏海下面是一對瞇細的眼睛，彷彿帶著笑意。這個擅闖進來的人把視線從野枝身上移向我。

「對，用柳枝及堅韌的和紙做的風箏。很厲害吧？」

「……是啊。」

這奇怪的傢伙是誰啊？我一邊這麼想著，一邊含糊地點頭。

「喂，好一陣子沒看見你，怎麼會突然出現在這裡？」

野枝難得用這麼高亢的聲音說話。看來這位應該是她的熟人。

「這是妳的男友嗎？」

我試探地問道，卻被她用手肘撞了一下。

「妳有沒有搞錯？誰要跟這種阿宅交往啊？」

她憤慨地說完就生氣地別開了臉，那男人只好苦笑著自我介紹。

「我叫卓見，是野枝的……該怎麼說呢，青梅竹馬吧。」

「這傢伙是個阿宅。」

野枝又吐出了這個詞彙。

「……哪一方面的宅？」

我向野枝問道，她卻好像聽不見似的，沒有回答我。我又望向卓見，他打量了我一下子，才一字一頓地說：

「U・F・O。」

「啊？」

「不明飛行物體。妳知道嗎？」

「呃……嗯。」

我呆呆地回應之後，野枝就扯了一下我的手臂。

「妳可別搭理他。這傢伙為了拍攝那種莫名其妙的東西，花了一大堆錢去買器材，還為此跑遍全國各地，動不動就熬夜好幾天，是個徹頭徹尾的怪胎。妳要是陪他聊，他的話匣子就停不下來了。」

「有那麼怪嗎？我又不是要去抓野槌蛇（註9）。」

9　又叫土龍，是傳說中的生物。在小學生之間引發過一陣風潮。

「好懷念的名詞啊。你該不會現在還在喝紅茶菌吧(註10)?不管是哪一種，在我看來都一樣。」

野枝冷淡地說。能把ＵＦＯ、野槌蛇和紅茶菌扯在一起真是太厲害了。

「妳就是這個樣子。」

卓見無奈地聳著肩膀。野枝瞪了他一眼，說道：

「你今天到底是來做什麼的?」

「我是來跟妳打招呼的呀。聽說妳竟然當起了櫃檯小姐，所以我才專程跑來見識見識。」

「少騙人了。」

野枝立刻吐槽道。卓見用手搧著自己的臉說：

「其實我聽說最近有人在這一帶看到了ＵＦＯ，想來調查一下，就順便來看看妳了。」

「順便啊。虧你還會想到我，真是太光榮了。」

野枝用諷刺的語氣說道。我有點感興趣，就小聲地插嘴說：

「該不會是把人造衛星或飛機看成ＵＦＯ了吧?」

10　又叫康普茶，是一種發酵飲料，流行於七〇年代。

卓見做出了吹口哨的嘴型。

「妳的想法真實際，不愧是野枝的朋友。那種例子當然不少，所以我一開始也不太相信，但是聽了目擊者說的話之後，我覺得或許是真的，畢竟這一帶不在飛機的管制範圍內，那些孩子也說他們分辨得出人造衛星。」

「那些孩子？目擊者是小孩嗎？」

「是啊。附近不是有一間岬小學嗎？他們在那裡上學，是一群有趣的孩子，有一對雙胞胎兄弟，一高一矮的兩兄弟，還有一個小女孩，聽說是雙胞胎的妹妹。有機會也介紹給妳認識吧。」

我好像在哪裡見過這樣的組合。

「……我們好像看過這群孩子耶。是吧，野枝？」

「是啊，所以不用勞煩你介紹了。你能交到心智年齡相同的朋友真是太好了。」

野枝說話越來越毒了，但卓見大概早就習慣了，還是笑咪咪地說：

「真是感謝妳。不過妳可別小看那些孩子喔，妳看到剛才的風箏了吧？那是他們兄弟倆自己做的。他們還讓我參觀了製作過程，真的很了不起耶。」

「剛才那個到底是在做什麼？」

「那是打氣球遊戲。把氣球綁在長長的繩子上當作目標，看誰先刺破氣球。鳥嘴的部分裝有小小的刺。我看過雙胞胎那隻鷲的製作過程，做得非常棒喔。不過

第一回合好像是他們輸了。」
那隻果然是鷲。
「看起來就像真正的鳥在飛呢。」
「他們用了釣魚竿的線軸，但是要做出那種下降和迴旋的動作還是需要精湛的技術，那可不是誰都做得到的。」
「真像個炫耀孩子的笨蛋老爹。」
野枝故意用他聽得到的音量對我竊竊私語，但是卓見小聲抱怨「嘖，真不可愛」的時候，她卻立刻反擊：
「什麼嘛，你不知道要求女人可愛只是男人的自以為是嗎？越是要求女人要可愛的男人越是沒出息。真是笑死人了。」
「這話說得真嚴厲啊。不過呢，越是不可愛的女人對男人越是刻薄，動不動就要求身材、學歷、收入三高什麼的。以前好像有哪個大人物說過，人要有自知之明啊。」
野枝一聽就揚起眉梢。他們的話題好像越扯越遠了，我急忙插嘴轉移話題。
「那個，卓見先生相信外星人的存在嗎？」
他用興致盎然的表情看著我。
「如果不相信，我就不會到處找ＵＦＯ了。有天文學家計算過，除了地球以外，銀河系裡還有上百萬顆行星擁有文明。如何？這數字很驚人吧？」

「你說的是德瑞克方程式吧？」

他稍微睜大了眼睛。

「喔？真令我驚訝，沒想到有女生知道這個外星人方程式。看來妳跟某人不同，我們一定很談得來。」他故意瞥了野枝一眼。「這些事妳是從哪裡聽來的？」

「我是在書上看到的。不過上百萬只是樂觀的估計吧，再說，有外星文明存在也不代表不同行星的文明有辦法互相往來。我在一本書上看過，星際交流就像是從高速行駛的電車上跳到另一輛交會而過的電車。」

卓見驚訝地望著我，野枝不耐煩地解釋說：

「她特別喜歡這種無用的知識。」

卓見「喔喔」的一聲，開心地點頭，然後愉快地說道：

「關於妳剛才說的比喻，『不可能跳上另一輛電車』只是用地球人的常識來判斷吧？或許地球以外的生命體根本不覺得這有什麼大不了的，他們說不定還會瞬間移動或心電感應。」

「瞬間移動和心電感應……」野枝用諷刺的語氣打了岔。「扯到這些事情，外星人理論就更可疑了。」

但卓見還是不以為意。

「就算不講到這麼特殊的能力，地球上也有很多生物具有特別的能力啊，譬如有些鳥的翅膀可以克服風壓，有些哺乳類擁有強大的跳躍能力。心電感應目前還沒有受到一般人的認同，但已經有許多這一類的科學研究了。」

「真可惜，我只相信自己親眼看到的東西。比起口中說的一百萬圓，我寧可選擇眼前的一百圓。你把超能力者帶來給我看看啊，那樣我就會相信了。」

卓見無可奈何地縮著脖子，然後露出孩子在惡作劇時的表情說：

「既然妳這麼說，要不要來做個實驗啊？」

「實驗？」

野枝和我異口同聲地問道。

「不是多複雜的實驗啦。妳現在有時間嗎？」

「我看起來很閒嗎？」

野枝一邊說，一邊故意開始整理活動手冊。卓見聳了聳肩膀。

「我知道了啦。那妳什麼時候有空？」

「我得在櫃檯待到中午……下午還要去顧社團的攤位。和她一起。真是忙翻了。」

野枝用肩膀朝我指來。她說的社團當然是指英打社。我今天一整天都預定要和野枝一起行動。卓見一副覺得很掃興的樣子，隨即又笑著說：

「那傍晚怎麼樣？五點左右到那座塔下。不嫌棄的話，妳也一起來吧。」

聽起來好像很有趣，所以我就答應了。野枝雖然一臉懷疑，但還是點了頭。

「好吧，我就奉陪吧，反正也已經奉陪很久了。」

「那就太好了。」卓見拍一下雙腿，站了起來。「我好像打擾到妳們工作了，也差不多該走了。」

「你終於發現了啊，甚幸甚幸。」

野枝的話中依然帶著刺。卓見露出苦笑，拎起大大的提袋。臨走之前，他像是突然想到了什麼。

「對了，我可以拿一顆氣球嗎？」

「那是要給小孩子的。」

野枝立刻回答，但又加了一句：

「所以你就拿去吧。」

她隨手交給他一顆藍色氣球。

「謝啦。」卓見很開心地接過去。他抓著氣球的繩子，望著校舍後方的天空。

「妳們看，第二回合就要開始了。」

在藍天之中，猛禽和翼龍圍繞著黃色氣球再次展開了對決。

5

秋風掀開了桌上的活動手冊，其中有一頁是俗稱「靶攤地圖」的攤位分布圖，裡面標示了各個社團和其他組織依照各自喜好而準備的攤位設置在哪些地方。在看到這份活動手冊之前，我從來沒聽過「靶攤」這個詞，我正在慶幸自己的詞彙量又增加了一點的時候，卻聽見老師皺著眉頭說：

「年輕女孩不要說什麼『靶攤』的。」

我因此發現，這似乎不是個正經詞彙。上學果然每天都能學到有意義的新知識。

話說回來，我所屬的英打社雖然掛著社團的名號，事實上大家並不會一起做什麼，只是各自練習打字，有空的時候就來一下，啪啦啪啦地打完字就走人。這樣的團體的確很有實際效益，但也很無趣。

所以到了學園祭的時候……

「妳們一年級的去弄個攤位吧。」

學姊隨口派下任務時，我實在不知該如何是好。學園祭中有什麼攤位會用到打字啊？

但是詢問之後，得知每年擺出的攤販基本上都是飲食類，讓我頓時湧出幹勁。聽到攤販會立刻想到的東西還不少：棉花糖、章魚燒、蘋果糖、撈金魚、打靶……我不光是想想而已，還提出建議，但立刻就被駁回。

「妳該不會把學園祭當成夜市了吧？」

野枝冷冷地說。依照她的想法，選擇攤位有幾個重點，第一，不要弄難度太高的東西，也不要租借器材，因為租金太花錢了；再來是不要有生的東西（包括生鮮和活物）；最好是可以事先準備的商品；最後一點，也是最重要的一點，就是要夠衛生，絕對要避免會造成食物中毒的東西。

依照這些精闢的意見，大家討論之後決定要賣餅乾。如果是賣餅乾，事先分裝成小包裝，當天就能專心販售，輕鬆得很。餅乾可以放很久，而且很少聽說有人因為餅乾而食物中毒的。

「如果包裝得漂亮一點，應該會有很多人當成土產買回去。到時能賺到多少呢……」

野枝立刻露出商人的嘴臉，開始計算還沒賺到的錢。不過團體內有個精明務實的人，事情真的會進行得比較順利。

就這樣，所有一年級的成員都要分攤工作，在有限的預算內，各自做出一定數量的餅乾。

（麻煩死了。）

在心裡這樣抱怨的絕對不只我一個，只是礙於女性的自尊和顏面，沒有一個人提出異議。

話說回來，烤餅乾的確是很夢幻的工作。蛋黃金黃飽滿的雞蛋、甜滋滋的砂糖、輕盈細緻的麵粉、香氣迷人的奶油，這些材料本身就帶有詩歌般的美感，而香草精的芳香正是為這詩歌增添韻味的旋律。

學園祭的前一天，我滿心喜悅地翻閱著壓模餅乾的食譜和盛放在漂亮器皿中的甜點的照片。為了做好準備，我特地去圖書館借回來四本甜點食譜，每一本的內容都很豪華，裡面全是漂亮的插圖和照片。這種書籍彷佛帶有某種魔法，我看著看著就覺得烤餅乾不足為懼，甚至覺得自己連派或蛋塔都做得出來。

但我的理性讓我還不至於這麼容易就被沖昏頭。闔上書本之後，我要做的第一件事不是出門買材料，也不是準備工具……

「姊姊～」

而是跑去向姊姊撒嬌。做甜點是姊姊的興趣之一，所以烤餅乾對她而言只是小事一樁。真是個可靠的姊姊。

「整天只想靠別人。」弟弟在旁邊大發議論。「自己的事情自己做啦。」

「少囉嗦，等你早上有辦法自己起床再來跟我說這種話吧。」

我回了他這句話，就跟著姊姊出去買材料了。

「要做出好吃的餅乾就得慎選食材，如果材料的品質不夠好……」

聽到姊姊說出類似漫畫《美味大挑戰》會出現的對白，我努力說服她這是要拿去賣的，必須顧慮到預算，她才答應選擇價位比較親民的次等材料。接著我們兩人關在廚房裡開始奮戰，又是測量、又是攪拌、又是壓模的。

「不用一直盯著看啦。」

因為我一直守在烤箱旁，身為廚藝教練的姊姊露出了輕鬆的笑容如此說道。但我總覺得定時器這種東西不太可靠，仍然站在旁邊看，餅乾麵糰在我的注視之下從米白色慢慢轉變成焦黃色，散發出難以言喻的甜膩香氣。所以說，有優秀的策略才能得到最好的結果。

餅乾出爐後，我立刻召集全家人來試吃，成功地讓大家說出「很好吃」的感想，我總算鬆了一口氣。雖然其中有一個人自以為是地說「還可以啦，砂糖少放一點會更好」，但是這種意見不聽也無所謂。

隔天，也就是學園祭當天，我比平時提早一個小時起床。我有點擔心冷卻之後裝入罐中的餅乾會受潮變軟，所以先試吃一塊。沒問題，還是一樣香脆可口。為了小心起見，我又吃了兩三塊，然後把咖啡一飲而盡，快步地衝出家門。

忙碌的一天就這樣開始了。

6

章魚燒、紅豆湯、法蘭克福香腸、烤雞肉串、可麗餅、爆米花、美國熱狗、巧克力香蕉、大阪燒、冰淇淋、甜甜圈、三明治、小零食、炒麵……這些形形色色的攤販排在一起真是壯觀極了。我說著「高中的文化祭跟這個完全沒得比啊」，和野枝穿梭在攤販之間。兩旁不斷傳來招徠客人的吆喝聲。才過了半天，大家都成了有模有樣的小販，適應力還真強。

「那邊的漂亮小姐。」

聽到這聲叫喚，我不經意地轉頭望去，發現富美在帳篷裡朝我揮手。

「要不要來一份籃球社的章魚燒啊？」

「糟糕，我才剛吃完午餐耶……」

我正在猶豫時，一旁的野枝問道：「多少錢？」

「兩百五十圓。很便宜吧？也很好吃喔。」

「沒問題。」野枝豪爽地一口答應。「不過也請妳幫我們捧場一下，能買三包就更好了。」

她邊說邊拿出小袋子裝的餅乾。

「一包多少錢？」

「一百圓。」
我的兩位朋友互相展露了優雅的微笑。
「我們還是別自相殘殺吧。」
「就是說啊。」
在融洽的氣氛中離開帳篷時，我心裡想的是「這兩個人果然都不是普通角色」。
野枝和我不久之前還在賣餅乾的攤位上當店員，可是銷售量一直不見增長。因為我們的攤位偏離了人潮最多的地方，所以情況不太樂觀。野枝終於按捺不住，大聲宣告：
「這裡不需要四個店員，我們出去推銷吧。」
「要上街兜售嗎？」
「好了，快來幫忙。」
野枝一邊說著，一邊把餅乾放進不知從哪找來的扁平箱子裡，我也拿起了另一個箱子。
「既然客人不來，我們就主動去找客人。順便告訴妳，做生意的基本原則就是死纏爛打。」
野枝說著侵略性十足的發言，又設想周到地在圍裙口袋裡裝入找錢用的零錢，就拉著我出發了。我突然覺得我們就像行商老闆和他的年輕學徒。留下來顧攤位的兩人輕鬆地揮揮手，對我們喊著「加油喔」。

走出去一看，我才發現大家想的事情都差不多，到處都有人捧著果汁、李子糖、甜甜圈、爆米花之類的商品到處兜售。想必她們一定很賣力地到處推銷，以致路人都養成了不太好的習性，只要看到我們這種沿街叫賣的小販就會加快腳步繞路走掉。開發新市場真不是一件容易的事。

我們走了不少冤枉路，才慢慢抓到了要領。首先要大喊「要不要買餅乾呢？一包只要一百元」，強調價格實惠是基本中的基本。我們用的袋子並不大，所以其實也沒有多實惠（這事可不能說出去），不過一百圓在這個年頭連果汁都買不到，因此還是會給人一種很便宜的印象。

接著野枝考慮到的是銷售途徑，也就是客群的選擇。因為我們賣的是甜點，會買的多半是帶著小孩的家長或是年輕女生，一開始先設定好目標才會事半功倍。

學校在學園祭期間設有升學諮商區，這是為了明年要來我們學校應考的少女們而提供的服務，所以那一區有很多穿著深藍學生制服的女高中生。等她們看過學校資料、聽完說明、從教室走出來時，我們就等在門口向她們兜售。這個策略效果奇佳，讓我們一下子就賣出多達十包的餅乾。

那些女孩都很活潑，看起來天不怕地不怕，眼裡充滿了好奇心洋溢的神采。我心想，我們也有過這種年紀呢。那只是短短一年前的事。

「到了明年，那些女孩之中的一些人就會成為我們的學妹了。」

「是啊。」野枝點頭說。「明年就輪到她們辛苦了。變成學姊的我們只要坐在椅子上發號施令就好了。」

「今年還是學妹，明年就成了學姊。」我嘆著氣說。「短大的循環週期還真短。我想到就覺得心慌慌，真不想那麼快畢業。」

「是嗎？我倒是想要快點畢業、快點開始工作，所以才會來讀短大。我對打字很有自信，我還打算再學一些文書處理。這個時代就連上班族也得要求技能。」

「是喔……」

我隨口附和著。看來大家都很認真地在思索未來的計畫，什麼都沒想的難道只有我一個嗎？

在這種時候，我的心底就會莫名地感到不安。

「生意人的守則第一條，就是要隨時放亮眼睛，絕對不能有片刻鬆懈。」

野枝拍了我的背一下。

「接著是最大的祕訣，妳可要聽清楚了。隨便拉路人推銷，對方很容易就跑掉了，所以要看準跑不掉的客人。」

「跑不掉的客人？」

野枝燦然一笑。

「跟我來就知道了。」

自信滿滿的野枝走向學生餐廳。現在才剛過一點，餐廳內依然高朋滿座，其中也有很多校外的來賓。

「要不要買餅乾啊？一包只要一百圓。」

她又喊起了先前的叫賣口號，走在用餐的客人之間。在吃飯的時候的確跑不掉，大家只能乖乖地聽完我們的宣傳。野枝這招真的很厲害。

「只剩下最後一些了，只有最先到的十位可以購買唷。」她還說了類似超市促銷般的用語，雖然老套，但效果的確很不錯，一個人先舉手之後，剩下的沒多久就賣光了。

「看來這一招確實管用。等現在這批客人走光之後，我們再來一次。」

野枝很滿意地說。雖然這招賣得很好，但我還是覺得很羞恥。當我表達了這種心情之後……

「生意人的守則第二條，就是要拋棄所有的羞恥心，那種東西根本不值一毛錢。」

野枝苦口婆心地教訓我說。

後來我們回到攤位補貨。

「妳們全都賣光了?!真的假的！」

留在攤位上的兩人訝異地叫著。她們的營業額只有我們的三分之一。游擊戰術確實大大地奏效。

「嘿，我也想到一招了。」

第二次出擊時，我提出了建議。

「還有一個地方的客人也跑不掉。」

「哪裡？」

「公車站啊，我們去那裡向正要回家的人推銷吧，一定會有人忘了買土產。」

本來一臉懷疑的野枝聽完就笑了。

「這主意不錯嘛。妳也漸漸抓到做生意的要領了。」

她開心地摸摸我的頭說道。看來我這學徒繼承衣缽的日子已經不遠了。

7

有六個孩子聚在一起不知道在做什麼。

仔細一看，其中的一人竟然是卓見。野枝似乎也想著一樣的事，她喃喃地說「裡面混進了一個大孩子呢」。

我們走在校舍的後方，正要前往公車站。這是一條捷徑。途中有個小廣場，大概是給教職員接駁車用的，但現在正好沒有停放任何車輛。那些人圍成一圈蹲在柏油路上，像是在玩遊戲的樣子。

「大孩子」發現了我們，朝這邊揮揮手，另外兩人也跟著一起揮手，原來是先前那對雙胞胎。仔細一看，卓見用手勢示意要我們過去。

「那個笨蛋，跟小學生混在一起做什麼啊？」

野枝的語氣很不屑。

「他好像在叫我們耶，要過去嗎？」

「一定沒有好事。」

「別這麼說嘛，還是去看一下吧。」

我拖著不甘願的野枝走向那一群人。

「嗨，妳們還在工作啊？賣東西真是辛苦。」

卓見看著我們懷中的箱子笑著說。

「如果你真的這樣想，就幫忙捧捧場吧。」野枝把箱子湊到對方鼻尖。「一包一百圓。」

「一百圓？這是什麼東西？」

「你自己不會看啊？難道這看起來像是地瓜羊羹嗎？」

「的確不像地瓜羊羹，也不像草莓大福。妳要我買啊？」

「當然，你不是我的青梅竹馬嗎？」

「妳只會在這種時候這樣說。好啦，我買就是了，請妳賣給我。」

野枝理所當然地點點頭，從箱子裡面拿出五包餅乾。原來是這樣啊。孩子們都用滿懷期待的眼神盯著這兩人。卓見沒有抗議，還是一派輕鬆地拿出零錢包數著錢。

「給妳，五百。」

幾個一百圓和五十圓的硬幣落在野枝攤開的手掌上。

「謝謝惠顧。」

野枝開朗地說完，就把一包包的餅乾分發給眼睛發亮地在一旁看著的孩子們，孩子都興奮地哇哇大叫。

「不好意思，要你買這麼多餅乾。真是謝謝你了。」

我惶恐地道謝，孩子們也一起大喊：

「謝謝你～」

卓見尷尬地抓抓頭。

「不會啦，一包一百圓的餅乾能讓大家這麼開心，算是很便宜了。」

「這投資很划算吧？」

野枝得寸進尺地邀功。

「算是吧。」

「風箏怎麼樣了？」

我這麼一問，他就嘿嘿地笑著說：

「現在風太大了，必須暫時休戰。玩風箏很麻煩，風太強太弱都不行。」

「大哥哥。」

戴眼鏡的男孩一臉不滿地插嘴。

「剛才的話還沒說完耶。」

「喔喔，對了對了。我剛剛說到哪裡了？」

「納夫卡線條。」

雙胞胎之中的一人含糊不清地說。他的嘴裡似乎已經塞進兩三片餅乾。我一時之間還反應不過來，過了一會兒才想到他說的應該是納斯卡線條。那是畫著鳥和昆蟲的地面圖形，就像是面積異常巨大的塗鴉，卻又畫得無比精確。他們在談的話題好像挺有趣的，我就順便聽聽看吧。

「你們知道嗎？那些圖畫非常大，站在地面上根本看不出來畫的是什麼，而且那個時代還沒發明飛機或直升機。當時的人畫這些圖是為了什麼呢？」

卓見愉快地說到這裡就停了下來，觀察著孩子們的表情。

「是畫給別人看的吧。」

雙胞胎的另一個人嚼著杏仁餅乾喃喃回答。他才剛開始吃第一塊。這兩兄弟在各方面都極為相似，但還是有些地方不太一樣。卓見聽見他的回答，大大地點頭，少年就咧嘴笑了。嘴裡缺了一顆乳牙。

「是啊，那是要畫給別人看的。問題是，究竟是給誰看的呢？那些圖畫可是要從高空才看得清楚喔。既然如此，一定是畫給住在高空的人看的。」

「是給外星人看的嗎？」

高瘦的少年眼睛發亮地回答。

「可能是，也可能不是。總之古代人盡其所能地用顯眼的方式留下了訊息。」卓見用肅穆的口吻繼續說。「在十九世紀初期，有個天才數學家叫作高斯，他想出了一種和地球之外的高等智慧生物交流的方法，很有趣喔。他在西伯利亞平原用種麥子的方式畫出了巨大的畢氏定理圖形，那是個寬度幾公里、長度幾百公里的直角三角形。如果外星生物的文明已經發展到能看見這個圖形，他們一定明白這個幾何圖形的意義，同時也會發現地球上擁有高度發達的文明。怎麼樣？這個構想和納斯卡線條很像吧？」

畫在西伯利亞平原上的直角三角形。這個磅礡的計畫還真讓我有些感動。雖然我不認為大一定就是好，但是超乎尋常的巨大還是會讓人忍不住感到敬佩或敬畏。

「那是地球上最大的一封信吧。寫給外星人的。」

我沒有多想就脫口說出了這句話。卓見眨著眼睛看看我，然後露齒而笑。和孩子們剛才拿到餅乾時的笑容很像。

「說得好。與其說是信，其實更像情書，彷彿在說『嘿，我在這裡，看這邊呀』。無人外太空探測器先驅者十號真的帶了一封要給外星人的信，航海家一號和二號也是。」

「先驅者十號攜帶的就是那塊有名的金屬板吧？畫了男人女人和一些圖形的那個。航海家載的又是什麼？」

「一張直徑三十公分的銅質唱片，內容包含一百多張照片，以及美國總統卡特的問候，還收錄了地球上最知名的樂曲。第一首曲子是巴哈的布蘭登堡協奏曲第二號。」

我開始想像在宇宙中飄揚的樂曲。外星人會用怎樣的表情聽著巴哈的曲子呢？他們會覺得那是美妙的藝術嗎？或者只覺得是難聽的噪音呢？我無從得知。況且，他們真的有著和我們一樣的聽力嗎？

卓見大概把我的懷疑解釋成其他意思了，他突然一臉認真地說：

「事實上，那張唱片被外星人聽見的可能性低於萬分之一。航海家二號到達離我們最近的恆星是四萬年之後的事，再下一顆行星是十四萬七千年後，再下一顆行星是五十二萬五千年後。所以妳會質疑是很合理的，這個計畫確實長遠得有如作夢。但我覺得把夢想寄託在未來是很好的。妳不這麼覺得嗎？」

我點點頭。這樣的確很好，寄託於未來至少比滯留於過去更好。卓見大概從我的同意之中得到了鼓勵，就笑著望向野枝，但她只是露出一副不感興趣的表情數著要找的零錢。卓見的語調降低了一些。

「在浩瀚無垠的宇宙裡，那樣小小一架探測器或許就像漂流在汪洋的瓶中信一樣希望渺茫吧。也沒人可以保證航海家號能平安無事地航行五十二萬五千年。」

「不過，或許那些訊息有朝一日會被誰收到呢。」

我這麼一說，他又笑了。

「是啊，或許會被收到。到時對方就知道銀河系之中還有其他的智慧生命體，而且這一趟跨越無盡時間空間的投遞也完成了。」

「好個浪漫主義者。」

野枝嘆息似地說道。

「她的意見就先不管了，你真的相信有ＵＦＯ嗎？」

「為什麼這樣問？」

卓見一臉不解地問道。野枝仍捧著那一箱餅乾，輕輕地聳肩說：

「與其說相信，我倒覺得這更像是在作夢。你也差不多該回歸現實了吧？」

卓見露出自信的表情。

「要相信什麼，不相信什麼，都是個人的自由吧？因為想要相信而探索又有什麼不好的？我們發出訊息的方法或許就像瓶中信一樣，既不確定能不能寄達，也不確定究竟有沒有收信的對象，但若外星人主動前來，事情就簡單多了，也不用等到幾十萬年以後。」

野枝沒有回答，反而是高瘦的男孩開心地叫著：

「如果ＵＦＯ出現了，大哥哥一定要拍下來喔。」

「是啊。」卓見拿起身邊那臺看起來很昂貴的照相機，滿懷愛意地撫摸著。野枝直截了當地問道「那東西要多少錢」？卓見沒有回答，只是笑著說「談錢太煞風景了」。他一定知道回答了就會被這位青梅竹馬責備「老是亂花錢」。

猜測照相機價格的事就交給野枝吧，我轉頭和孩子們說話。

「嘿，聽說你們看過ＵＦＯ？在哪裡看到的？長得什麼樣子？」

我接連提出的幾個問題立刻得到孩子們的答覆。

「是真的。」

「我們沒有騙人。」

「小小的，還會發光。可是一下子就不見了。」

「你們是在晚上看到的嗎？」

「嗯，可是沒有很晚啦。它掉到塔那邊了。」

「掉到？」

我回頭望向卓見。難道UFO墜機了？

「他們確實看到了UFO。」卓見笑著說。「從他們的說法聽來一定錯不了。我今晚就會清清楚楚地把它拍下來，妳到時可別嚇到唷，野枝。」

卓見一邊把玩著照相機，一邊對青梅竹馬如此宣告。

「那你就加油吧。真羨慕你這個閒人，我們差不多該走了，總不能一直在這裡摸魚。走吧。」

野枝用肩膀的動作催促我，然後像是突然想到什麼。

「我都忘了，餅乾有買五送一的優惠。這是你的。」

她拎起一個塑膠袋說。

「真是太感謝了。」

一包餅乾放在他伸出的手掌上。

繞過校舍之後，野枝從自己的錢包裡拿出一個百圓硬幣，投進收來的零錢裡。

「喔？原來如此……」

我爬著通往公車站的階梯，一邊喃喃說著。走在前面的野枝突然轉頭。

「怎樣？有什麼關係嘛？」

她的語氣很嗆。我不明白理由，只知道她好像在生氣。我輕輕地聳肩。

「嗯，當然沒關係。」

野枝一甩頭，繼續往上走去。

8

「妳看妳看，野枝，是青春的夕陽呢。」

我興奮地大叫，指著緩緩沉到富士山旁邊的夕陽。逐漸下降的太陽不像夏天的豔陽那麼燦爛，而是用略顯黯淡的色調染紅了山丘、雲彩和晚風。

「對耶。看起來就像是青春劇裡面會出現的夕陽。」

「還要說『大家一起朝著夕陽奔跑吧』？」

我們兩人同時笑了。

「別說是跑了。」野枝一腳踩扁滾到她腳邊的紙杯。「我連走都快走不動了。」

「我們今天做了好多工作呢。」

「是啊，真了不起。」

我和野枝都大大地點頭。活動手冊賣得還不錯，至於餅乾的攤位，第一天的營業額有一半以上都是野枝和我這對搭檔的貢獻。

結果去公車站推銷的策略也很成功，雖然是我想到了在公車站大排長龍、等著搭車回家的人，找到了新的客群，但最後還是多虧了野枝哄得他們覺得非得買些土產不可。在公車站賣光整整一大箱的餅乾之後，我們再次回去補貨，接著又跑到學生餐廳樓上的咖啡廳，向那些打扮時髦、優雅享受著下午茶時光的學生叫賣「要不要來些點心配茶呢？」。在咖啡廳非常好賺，想必是因為買一百圓的餅乾比點兩百五十圓的蛋糕更加划算。在咖啡廳裡叫賣，恐怕是只有學校才看得到的奇景吧。

達成輝煌戰績的我們，在社員們熱烈的讚美和驚嘆中意氣風發地離開了攤位。

現在快到五點了。

卓見已經在塔下等著我們，一旁還看得到孩子們的身影。我突然發現少了一人，仔細一看，雙胞胎只有一人在場，他正在吃著紙杯裝的爆米花，不知道是別人請的還是自己買的。他偶爾還會拿爆米花餵給妹妹吃，看起來就像母鳥在餵食雛鳥，畫面十分溫馨。另一個哥哥不知道去哪了，卓見發現我四處張望，就向我解釋：

「啊，弟弟爬到塔頂了。告訴妳們一個祕密，他們兄弟倆可以感應到對方的想法喔，這只有心電感應可以解釋吧。接下來就是要進行這個實驗。」

「你是認真的嗎？」

野枝疑惑地問道，卓見以稀鬆平常的態度點頭說：

「當然。其實每個人都有心電感應的能力，但是非常微弱，只能偶爾以直覺或第六感的方式表現出來。除此之外，有一些人只能和特定對象進行心電感應，譬如雙胞胎，這種例子的效果更加顯著。」

「『險住』是什麼意思？」

雅子妹妹不解地問道，卻沒有人回答。野枝用食指摸摸眉毛說：

「眉唾，眉唾。(註11)」

「究竟是真是假，等一下試過就知道了。我們在這裡告訴哥哥一個訊息，然後再問塔上的弟弟知不知道。弟弟爬到那麼高，就算我們用喊的他也聽不見，如果他聽見了，旁邊的人也會聽見，事後一定會曝光。妳也看得到，他並沒有拿無線電對講機之類的東西。」

「就算你這麼說，只要他們事先套好招，根本沒有意義嘛。」

野枝真是個堅定的懷疑論者，但卓見輕鬆地笑著說：

「所以訊息就讓妳來想吧。妳可以走遠一點再說，以免被我聽見。」

「真是蠢斃了。」

「試都還沒試過，又怎麼能妄下結論呢？」

11　據說把唾液抹在眉毛上可以避免被狐妖迷惑，這個動作就是在提醒自己不要受騙。

「好啦，我就陪你們玩玩吧。來，我們到那邊去。」

野枝帶著雙胞胎哥哥走到一旁，卓見在她背後喊道：

「麻煩妳想個抽象一點的訊息，免得事後又要懷疑是我在偷打暗號。」

「真囉嗦，我知道了啦。」

野枝回頭叫道，然後附在少年耳邊說了些悄悄話。

「野枝，說完了沒？好了嗎？」

卓見大聲地確認過後，就告訴孩子們「你們在這裡等著喔」，然後對我們說：

「要走囉。一、二……」

說出「三」的瞬間，卓見開始邁足狂奔，野枝也健步如飛地跟著跑，我則是追在野枝身後。卓見一下子就爬了一大段樓梯。

「等一下啦……如果不是我先到……實驗又有什麼意義？」

野枝氣喘吁吁地追過卓見。

「駒子，妳負責在後面盯著他，別讓他做出……可疑的舉動。」

「什麼可疑的舉動啊？我是和妳們一起爬上去的……哪有時間動手腳？」

「你們兩個跑得太快了……等一下啦……別丟下我啊……」

為了不錯過精采畫面，我拚死拚活地跑著。另一方面，我又有些納悶自己何必要湊這個熱鬧。

「駒子，快一點啦。」
野枝的聲音傳來。
「等一下，我正在爬。」
我有氣無力的聲音傳向上方。
爬到塔頂時，我看見那兩人都站在瞭望臺的入口喘氣，彷彿在彼此監視。一位拿著藍色氣球的少年站在裡面，他背對著窗口，笑咪咪地看著我們。
「好，都到齊了。野枝，妳問吧。」
野枝默默地獨自走進瞭望臺。她花了一些時間調勻呼吸，然後才開口說：
「你知道我在下面說了什麼嗎？」
「嗯，知道。」
雙胞胎的弟弟開心地笑著。
「你哥哥是怎麼說的？」
野枝露出有些期待的眼神，輕聲問道。少年用惡作劇般的表情看著我們。
「大姊姊說的是『魔法飛行』，對吧？」
我們一起望向野枝，只見她睜大眼睛，然後長長地吐了一口氣。

9

「如何?他真的接收到了吧?」

卓見盯著野枝的臉問道,野枝看看窗外,又看看少年,才把視線轉回卓見身上。

「……是啊。」

野枝回答得很簡潔。卓見一把抱起了少年。

「真的?成功了?這對雙胞胎真厲害。」

「大哥哥也是。」被抱起的少年用愉快的語氣說。「只有大哥哥相信我們真的看到了UFO。」

野枝的青梅竹馬笑了。

「願意相信的人去相信就好了,不需要在意其他人怎麼說。」

他這句話讓我悚然一驚。我心想,他一定也為了自己的信念付出了不少代價吧。世人為什麼不能讓無辜的夢想家和奇特的心靈好好地過他們想要的生活呢?只要多一些包容,他們一定會過得更幸福。

野枝突然轉身。

「妳要去哪?」

我這個問題真是廢話。

「下面。」

她簡單地說完，就快步跑下樓梯。

「野枝，等一下啦。」我大喊著，急忙跟上去。

當我到達夜色籠罩的地面時，野枝一點都不喘，還對著我甜甜一笑。

在夕暮餘暉中，四個孩子依照身高排成一列，看著我們兩人，就像木琴的Do、Re、Mi、Fa四個鍵。野枝大步走向最嬌小的女孩，將她一把抱起，被抱住的女孩欣喜地叫著，雙手像小鳥的翅膀一樣不停揮舞。

「雅子有兩個好哥哥呢。」

野枝溫柔地說著，然後放下女孩，女孩的眼睛閃閃發亮。

「要不要我告訴妳實話？」

「實話？」

野枝和我同時反問。少女點點頭，像是要透露什麼祕密似的，很小聲地說：

「桂哥哥坐著鳥的風箏飛到城堡上，所以他可以跟裕哥哥說話。這件事不能說出去喔。」

城堡指的大概是塔吧。也對，小女孩都夢想著有高塔的城堡，像是睡美人、長髮公主、瑪琳姑娘——美麗公主的故事中一向會出現高塔。

「這是祕密。」

我把食指豎在嘴前，女孩用力點頭。祕密通常是很嚴肅的。

「雅子，妳看。」

雙胞胎的弟弟（應該是叫作裕吧）不知何時跑回來了，他將手上的藍色氣球遞給女孩，女孩開心地接過，抓著繩子揮動幾下，然後突然把手朝天舉起，攤開掌心。

藍色氣球逐漸飛向被夜色染黑的天空。

「雅子！」雙胞胎兄弟同時大叫。

「幹麼放掉氣球啦！」兩人一起氣憤地質問女孩。

「因為紅色氣球孤零零的很可憐嘛。」

女孩難過地低頭喃喃說道。

「是啊，雅子，妳說得對。」

那個乖巧的小博士不加思索地斷言道。

眾人都抬頭仰望天空，藍色氣球輕盈地擺脫了地球引力，逐漸攀升。上升。上升。有時被風吹得歪了些，但還是不斷地一路攀升至高空。

為了和等在那裡的紅色氣球相遇。

孩子們突然嘩的一聲跑掉了。他們的行動總是這麼突然，這麼直接，沒有半點迷惘，彷彿被我們看不見的某種信號或標誌帶領著，時而奔跑，時而止步，時而跳躍，時而蹲下，忙碌得不得了。他們的動作乍看好像亂七八糟，卻又顯得十分和諧，這是怎麼回事？我懷著幾分感嘆的心情看著他們跑開。

像五隻活潑小狗般的黑影逐漸移向校門。我遠遠地聽見其中一個男孩全力大喊的聲音。

「人造衛星，人造衛星，飛呀！」

10

始於紅色氣球、結束於藍色氣球的故事到此為止，這一小節只是再稍微做個補敘。

客人離開之後，主辦單位還有一些工作得處理，這天我們在學校留到晚上七點左右。都說秋天的太陽落得快，此時看來果然沒錯，太陽很快地降到富士山旁，到了七點，天已經全黑了。

為了拿自己的包包，我走進四樓邊緣的教室。電燈是關著的，因為有緊急逃生標誌和外面照進來的淡淡光芒，還不至於伸手不見五指。盈凸的月亮在窗外露出了臉。

走近窗邊時，我發現有一道奇異的光。

光是從塔頂發出來的。那道光非常詭異，不斷地搖來晃去，沒多久就消失了，但過了一下子又亮起來，繼續跳著奇妙的舞蹈。隨著光的動作，似乎可以看出類似人影的東西在移動。

我衝出教室，死命地奔跑。我也不知道自己想做什麼，只是一心想要探索那道光的來源。那奇妙的光芒彷彿隱含著神祕的力量，讓人不禁心跳加速。

我跑到塔底時，突然有個人從塔裡走出來，手上拿著小小的筆型手電筒。猜得到那是誰嗎？

就是現實主義的信奉者——野枝。

「妳在塔上做什麼啊？」

我向她問道。野枝的臉色有些尷尬（就像小孩在惡作劇時被當場抓到的表情），但是隨即露出笑容，回答說：

「我在傳送訊息。呼喚UFO的訊息。」

講完之後，她就突然跑掉，快得像是奧林匹克的短跑選手。

「快點，沒搭上這班公車的話，還要再等很久喔。」

她一邊跑，一邊回頭大喊。這時的她已經恢復成平時的野枝了。我也慌張地跟著跑，心中還是忍不住感到疑惑。野枝究竟做了什麼？那是月光施展的魔法嗎？

跑在我前方七、八公尺處的野枝突然平伸雙臂，就像那些朝著夕暮奔去的孩子，或是準備起飛的飛機……

野枝的雙臂迎著風，身體就這麼離了地，漸漸飛向高處。

飛向有億萬星星閃爍著的夜空。

當然，這只是我無聊的幻想。我會突然想到這個畫面，一定也是盈凸的月亮施展的魔法吧。

瀨尾先生是怎麼想的呢？

入江駒子小姐：

妳在學園祭裡大顯身手了呢，真是辛苦妳了，整天都那麼忙碌。照這樣看來，就算我當天去了也只會礙手礙腳吧。不過說這種話好像只是在找藉口。

其實我還滿想看看妳當櫃檯小姐的，就像我也很想看無齒翼龍和鷲一樣，聽到我這麼說，妳大概會生氣吧。不過我真的很想見識見識孩子們做的鳥風箏，被譽為猛禽之王的鷲和會飛的無齒翼龍在空中對戰，我光想像就覺得很有趣。我的確有些懊悔沒看到這精彩畫面，但是聽到現在還有孩子會自己做風箏在高空對戰，真的讓我非常欣慰。

我有時會想，現代的孩子可能多半連天空都不看了。這個想法雖然無聊，卻很可怕，因為我相信人類不看天空就不會進步，而不進步就等於沒有未來。

所以得知世上還有妳故事中提到的那種孩子，真是令我又驚又喜。

妳遇到的那群孩子毫無疑問地是小小的萊特兄弟，羅伯特兄弟的子孫，蒙特哥菲爾兄弟的徒弟。（在航空史上留名的這些人都是兄弟檔，真是個有趣的巧合。）如同萊特兄弟駕駛飛機、羅伯特兄弟和蒙特哥菲爾兄弟搭乘熱氣球一樣，他們也用自己的方式接近天空，那就是靠著風箏和氣球這些迷人的小道具。

妳不認為嚮往寬廣的天空、想要在空中自由飛翔的心情，正是人類最純粹、最真摯的心願嗎？

還有，想在大氣層之外、在遙遠宇宙盡頭找到同胞的心情，也是從這個心願發展而成的吧。

能夠自戀地、安然自得地認為地球人是銀河系中唯一智慧生命體的人還真輕鬆，他們一定無法理解那些一直對未知對象發出訊號的人是何等的心情。朝著遙遠的宇宙傳送出「你好」，經過漫長的時間，最終傳給了某顆不知名行星上素未謀面的某人，而那人又耗費無盡歲月，用他的語言回傳「你好」的訊息……

不看天空的人怎能體會這件事的意義是多麼重大呢？

好了，回來談妳的作品吧。

對UFO著迷的卓見在妳和戴眼鏡的現實主義者野坂野枝小姐面前所做的實驗非常有意思。他打算實際演練心電感應，看看雙胞胎兄弟有沒有辦法在不同的地方感知對方的思想，這真是別開生面的實驗。

說到雙胞胎，我猜妳多半會想到《兩個小綠蒂》和《天生一對》（註12）。而我最先想到的是卡斯托魯和普魯克斯，無須贅言，這是雙子座那對兄弟的名字。古老

12　前者是德國作家艾瑞克・卡斯特納的作品《Das doppelte Lottchen》，曾在日本改編成電視動畫。後者是法國女作家喬治・桑的作品《La Petite Fadette》，曾在美國兩度改編成電影。

的神話和傳說經常出現雙胞胎，這一定是因為同卵雙胞胎很能凸顯人類的奇妙和神祕吧。

妳是怎麼想的呢？妳認為那對雙胞胎兄弟接受到對方的訊息了嗎？他們真的會心電感應嗎？

依照我個人的想法，第一個問題的答案是「YES」，但我對第二個問題的答案持保留態度。

在妳的作品中，他們使用了很特別的通訊方式，那是非常簡單的方法，說破之後一定每個人都能理解。

妳要不要猜猜看呢？當時孩子們手中拿著哪些小道具？第一個是長長的繩子，而且是特別強韌的風箏線。再來是紙杯，也就是爆米花的容器。靠這兩樣東西可以達到哪一種通訊方式呢？

應該不需要我多說了吧。

妳還記得小時候做過這種玩具嗎？可別因為那是玩具就小看它喔，雖然它構造簡單又原始，卻是貨真價實的傳聲裝置。妳想像得出那個畫面嗎？在妳們上氣不接下氣地爬著樓梯時，有個紙杯從塔頂的窗口藉著繩子慢慢地垂吊下來。那些男孩的手很靈巧，他們可能會切掉紙杯的底部，貼上蠟紙，那樣傳聲的效果會更好。

等一下，如果只是一般的紙杯傳聲筒，有辦法在塔上使用嗎？

那座塔有六層樓高，這麼遠的距離，傳聲筒是不是還能清楚地傳出聲音？這是第一個疑問。再來是第二個疑問。雙胞胎哥哥在塔下拿著發訊的紙杯，而弟弟在塔頂把收訊的紙杯貼在耳朵上，中間的繩子一定會接觸到窗臺。如妳所知，紙杯傳聲筒這種裝置是靠著繩子來傳遞聲音的震動，如果中間有障礙物，聲音就傳不出去了。

他們要如何克服這兩個問題呢？

這個時候就要用到另一個重要的小道具，也就是雙胞胎弟弟一直拿在手上的藍色氣球。

傳聲筒一般都是用紙杯做的，那是因為紙杯的形狀最適合用來傳訊和收訊，但是塔上的一方不需要傳訊，只需要收訊，既然如此，大可使用收訊效果更好的代替品。

妳明白了嗎？塔上的雙胞胎弟弟當作話筒貼在耳朵上的，就是那顆大大的藍色氣球。他用膠帶把繩子固定在氣球打結的地方附近，將繩子從窗子的縫隙伸出去，繩子就會筆直地往下垂，再把輕薄柔軟的橡膠氣球貼在耳朵上。氣球的構造可以擴大繩子傳來的震動，成了性能更優秀的收訊器和話筒。總而言之，訊息一定能夠清楚地傳達。

接下來的說明會加入一些浪漫的想像。

卓見為什麼要大費周章地上演這場奇特的魔術表演呢？還有，堅決信奉現實主義的野枝為什麼如此乾脆地就接受了這麼離奇的事實？

要說奇怪確實很奇怪，但他們兩人如果都對彼此懷有超乎青梅竹馬的感情，事情就沒有那麼奇怪了。我想妳多多少少也察覺到了吧。

就算不能說服野枝相信UFO，卓見還是希望她能相信一些超乎尋常的事情（不管那是多麼小的事）。而野枝也期待卓見說服她接受一些非現實的事，無論是什麼事都好，就算是騙人的也無所謂，只要不被她發現就行了。

最能表現出她心情的，就是妳這個作品的關鍵字——「魔法飛行」。我一開始就覺得好像在哪聽過這個詞，後來才想到，馬克・夏卡爾（註13）有一幅版畫作品就叫這個名字。妳知道嗎？那是一幅浪漫的作品，一個男人抱著粉紅色的花束飄浮在空中，朝著他心愛的女人飛去，女人驚訝地睜大眼睛，但雙手已經伸出去迎接他……

妳不覺得想要和人接近的心情就像是魔法飛行嗎？橫亙在兩人之間的時間和空間、人生觀和價值觀的差異、各種實際層面的問題……無論有再多的阻隔，都能輕易地跨越。

13　法國超現實主義畫家（1887-1985）。

塔上的實驗就是卓見向野枝發出的第一個訊號，野枝的收訊器清楚地收到了這個訊號，而且還傳送了回訊，同樣是利用那座塔。

妳最後的補敘，就是類似後記的那一段文字，讓我覺得很有意思。那天晚上，野枝在塔中做了什麼？她開著筆型手電筒，那一定是某種通訊方式。但她是在對誰發訊？用不著我說，她發訊的對象當然是在塔附近等待ＵＦＯ出現的那位青年。

她用的是怎樣的方法？妳只看到筆型手電筒的光芒像在跳舞似地搖來晃去，別說是外星人了，就算是地球人也無法理解她想要傳達怎樣的訊息。

此時我突然想到一件事。妳一定看過以北極星為中心的星空圓形軌跡的照片吧？那是用長時間曝光的方式拍攝的。即使是一閃而過的光芒，利用這種長時間曝光的方式也能拍出清楚的軌跡。

卓見不是帶了高功能的照相機嗎？既然他能拍攝像ＵＦＯ那種在空中高速移動（或許吧）的物體，他的攝影技術一定很高明。如果他看到黑暗中的塔頂有可疑的光芒在動，一定會想到用長時間曝光的技巧去拍攝。

他拍的照片裡會出現怎樣的畫面呢？野枝在黑暗之中畫的是鏡像文字？還是某種符號？我真想看看那張照片，可惜這個願望沒辦法實現。但若只是想像的話，他們兩人應該不會介意吧。

總之我毫不懷疑他們達成了通訊。

接下來只是不重要的閒聊，我想談談孩子們看到UFO的事。我也不確定真相為何，但是從他們說的話聽來，我猜他們看到應該不是UFO，而是隕石。他們說UFO掉在妳們學校附近，說不定就是掉在附近的地瓜田。我是很想親自去挖挖看啦，但若被當成小偷就麻煩了，所以還是停留在想像的階段就好。

最後我要給妳出一道謎題。

妳猜猜我這篇感想是在哪裡寫的呢？是在我那個位於住商混合大樓天臺上的房間嗎？錯了。是在大學教室裡、邊角已經被磨圓的桌上嗎？也不對。

正確答案是成田國際機場。妳問我在這裡做什麼？當然是在等飛機啊，我正要搭飛機去紐西蘭。

我從很久以前就一直夢想著親眼看看南半球的星空，我之所以到處打工，就是為了這個目標。

差不多該去辦理登機手續了。這封信等一下就會投進機場的郵筒。紐西蘭現在是夏天喔。此時我興奮得像個孩子，因為我很快就要飛上天空，飛向地球的另一側，飛越海洋和陸地，飛越大氣層和時間，到達另一個地方。這也是貨真價實的魔法飛行吧。

過去靠著熱氣球浮在半空的蒙特哥菲爾兄弟和羅伯特兄弟一定無法想像能夠說出這種話的時代將會來臨：

「我現在要去見南半球的星星了，包括大小麥哲倫星系和南十字星。北半球的星星就勞煩妳看著了。」

到聖誕節再見囉。

某人寄來的最後一封信

這是我第三次，也是最後一次寫信給妳。

妳不覺得很奇怪嗎？紅色氣球應該牢牢地繫在女孩的手腕上，怎麼會飛走呢？其實是女孩故意解開手腕上的繩子，自己放掉了氣球。至於理由是什麼，我也很清楚。

因為那孩子不想讓自己的氣球被風箏尖銳的刺給刺破。事實上，其他四顆氣球都一一被刺破了。男孩們應該不會把女孩的氣球也拿去玩，但我完全可以理解女孩的心情。

就像女孩保護氣球一樣，我也一定要保護那孩子，為此無論要我做什麼都行。

所以，我非得去見那個死掉的少年不可。這一年來，我不停地思考有沒有其他的方法，而且自從看了妳這故事之後更是如此。我真的深信，活著才是最好的。

不過，只要活著就難免要承受難以想像的痛苦，這也是不爭的事實，尤其是生活中只有永恆的、無盡的逃亡。那個少年一定不會原諒害死自己的人，一定會永遠在牆上發出譴責。

老實說，我沒有守住祕密的自信，但我如果說出來，就會毀了那孩子的人生。既然如此，我只能去請求少年的原諒。我只有這個方法可以保護那孩子了。

我由衷愛護那孩子，因為我只有這麼一個家人，我直到現在還沒有採取最簡單的解決方法，都是因為捨不得丟下那孩子一個人。如果那孩子失去了我，一定會很傷心。但是現在的生活對那孩子而言已經很痛苦了。聽到別人說了什麼話，都要仔細思索有沒有隱藏的含意，而且隨時隨地都要擔心自己會不會暴露出那樁醜惡的罪行。每天過著這種生活，那麼聰明的孩子不可能不痛苦的。

如果我不在了，那孩子應該就能擺脫那些折磨了，然後總有一天可以忘記。對我來說，這真是個痛苦的決定……反正我的痛苦也不會再延續下去，所以不管怎麼做都一樣。

不看的書就只能闔上。我打算選在少年離開人世的那一天。剩下的日子，我還是會過著如同以往的生活，一邊祈禱著能再多看妳幾眼……

我寫給妳的單方面通信就要在此結束了，我再也不能看到妳故事的下文了。只有這件事讓我覺得遺憾。請多保重。

四……哈囉，奮進號

這一年就快要結束了。

瀨尾先生……

我接下來要寫的故事，你大概看不到吧。

今年秋天，我接連寫了三篇故事，你全都看完了，還寫了感想給我。那些都是用我日常生活的經驗而寫成的，雖然寫得不好，卻都是我很喜愛且引以為傲的故事。在寫那些故事時，還有寫完以後，我經常會冒出一種奇怪的想法。你可別笑我喔。我是這麼想的……

我所在的世界會不會只是故事中的虛幻畫面呢？我所經歷的每一件事都只是這個故事中的一幕，口中說出的每一句話都只是印在薄薄紙上的對白嗎？我和身邊的人們都只是在故事中扮演著某個角色，遵照著不知道結局為何的故事大綱，日復一日地過著我們的日常生活嗎？

還有，是不是有個已經從頭到尾讀完了這個故事的人呢？

你一定覺得這是個荒謬的幻想吧？但我是認真的。你一定也明白這點，因為你也知道那個聖誕節之前發生了什麼事。當然，還有很多事是你所不知道的。

這個故事是我寫給素未謀面、將來可能也永遠不會見面的某人的第一封信，寫給茫茫人海中的某人的一封信，也是給世界上某個特定人物的奇怪情書。這封信不會出現在你的眼前，所以我更可以毫無顧忌地說出來。

回顧我走過的這短短十九年，我可以說，今年是特別美妙的一年。

我在這年遇見了一本好書，而且也遇見了你。這兩者或許可以視為同一件事，不過這兩者在我心中是同樣重要的。

就像是夾帶著雨滴而落下的雪花，或是雙子座的卡斯托魯和普魯克斯。

你現在在做什麼呢？在看書嗎？在仰望夜空嗎？還是正在睡覺？如果是在睡覺，你作了怎樣的夢呢？

我的第四篇故事——今年最後一篇故事，是一個關於夢的故事。

1

我每隔一段時間就會作「逃脫」的夢。

譬如在濃密的森林裡，放眼望去都是鬱鬱蔥蔥的綠、綠，綠。而我不知所措地處在這片陰暗濃密的綠色之中。

走吧。

我照著心中浮現的命令走了起來，總之非走不可，非得離開這座森林不可。幾

優雅地去聽聖誕音樂會。

今天早上突然變得天寒地凍，我原本準備的短褲裙不足以禦寒，所以我坐在地毯上多穿了一件厚厚的褲襪，然後將長袖T恤的下襬紮進褲裙裡，再套上一件高領毛衣。毛衣的衣領設計得很寬鬆，是蓬鬆的百分之百純羊毛製造，我非常喜歡這件衣服。

最後一件是附帽兜的大紅色短外套，這是最近才剛買的。其實出門時再穿就好了，我卻迫不及待地立刻穿上，在房間裡拿著小小的鏡子照來照去，還開心地露出微笑。可見我也是很有女人味的。

梳妝打扮結束，走下樓梯，媽媽看到我的第一句話就是：

「哎呀？要去約會嗎？」

「怎麼可能嘛。」

穿著睡衣的弟弟一邊吃吐司一邊說。

「姊，妳只要再裝上鬍子就像聖誕老人了，要不要乾脆去商店街打工？」

我假裝不小心把紙袋撞在他的背上。裡面裝的是要還給圖書館的書，所以紙袋的重量可想而知。弟弟說了些抗議的話，而我卻充耳不聞。

十二月中旬，我在鄰市鬧區大樓的一角發現了這件大紅色的短外套。多麼美麗的紅色啊。

第一眼看到這件衣服時就讓我大為驚豔。這個顏色既高雅、熱情又溫暖，沒有混雜其他顏色，是純粹的紅。

我平時看到櫥窗裡掛著紅色洋裝，或是看到瀟灑走在街上的年輕女性穿著紅色套裝，會覺得很漂亮，但我想都沒想過要穿在自己身上。

小時候，媽媽買給我和姊姊妹妹的衣服多半是粉紅、水藍這些可愛柔和的色調，自己開始買衣服之後，我會選的顏色也沒有太大的變化，頂多只是加上白色、黑色和褐色。我從來沒有看過其他顏色像這件外套的紅色如此熱烈地自我宣傳。

（妳看，很漂亮吧，很棒吧，很可愛吧……）

它光彩四射，彷彿在對我這麼說，結果我就毫無抵抗地中了華麗色彩的誘惑。

（好想要。）

這種心情強烈到連我自己都有些驚訝。

除了極少數的例子之外，每當我有購物的衝動，心底深處一定會出現反駁的聲音，跟服裝有關的東西更是如此。不對，等一下。還是先跟錢包商量看看吧，就算錢包答應了，還得再跟衣櫃談談，衣櫃裡應該已經塞了很多常穿的衣服了。

只有這一次，就算錢包和衣櫃都不肯答應，我還是堅決要買這件紅色外套。所以我當下立刻去了銀行，從所剩不多的存款之中提出一部分，補齊了我身上不夠的錢。

或許我不是一個有原則的務實之人，而是一隻衝動的生物吧。

總而言之，見到那件紅色外套的短短三十分鐘後，它就成了我的東西。這件衣服很適合在聖誕前夕穿出去亮相。

媽媽上下打量著我，更進一步地試探著「妳要和誰出去啊？」，真是無謂的擔心。

「還不是那一群人？富美和小愛啦。」

這也可以說是左摟右抱吧。

「姊的朋友都挺漂亮的。」

弟弟的語氣像是在說我這個姊姊的唯一好處只有這一點，而且他似乎特別強調了「朋友」二字，真是叫人火大。我經過時拍拍弟弟的肩膀說：

「看你這麼缺乏詞彙，我就教你一句成語吧，學校說不定會考喔。」

「什麼成語？」

「就是『物以類聚』。」

我丟下這句話，不給他還嘴的機會就迅速地走出家門。

3

在約定的車站前，我的「同類」朋友快步走來。

「小駒，抱歉，等很久了嗎？」

「等很久了。」

我鼓著臉頰說道。小愛的遲到惡習早就是出了名的，只讓我等了十五分鐘還算是客氣。

小愛和我住在同一個車站附近，所以當我們和富美三個人相約時，我都是先在車站和小愛會合，再到目的地和富美會合，絕大多數的情況都是富美先到，而我和小愛急匆匆地跑過去。

「真慢耶，妳們兩個。」

每次都害得我也要一起挨罵，真是太吃虧了。

這些就不說了，我催著好友快走，拿著月票通過票口，搭上已經響起發車鈴聲的電車，車門噗咻一聲關閉。總算是滑壘成功。此時我才有心思注意到小愛的服裝，但我一看就愣住了。

苔蘚綠的短夾克沒什麼問題，設計挺可愛的，看起來也很溫暖，問題是在她的纖腰到細細腳踝之間優雅搖曳的長裙。這裙子的底色和夾克一樣是苔蘚綠，上面布滿了花紋，仔細一看，全都是聖誕樹、聖誕老人、麋鹿的圖案。
「小愛……妳這裙子難道是……」
「裙子？這是為了今天特地買的，很有聖誕風味，也很可愛吧。」
她提起裙子笑著說道。
「嗯，的確很可愛，不過虧妳買得下手。」
這兩句都是真實的感想。穿這件衣服的機會一年頂多只有一兩次，以我這庶民的眼光來看，根本不該買。不過照這個說法，七五三（註14）和成人式穿的傳統服裝也都是無用的奢侈品囉？我很喜歡看別人打扮得漂漂亮亮，尤其是女生，我覺得她們在盛裝打扮的時候看起來都特別幸福。還有什麼能像滿足了小小虛榮心的女孩那麼志得意滿、那麼可愛嗎？
我低頭望著自己身上的紅色。我會買下這件外套的原因之中當然也包含了虛榮，但這並不是唯一的原因。
「小駒，妳的外套……」小愛直勾勾地盯著我看，然後用力點頭。「很可愛，很適合妳喔。」
我的臉上浮現了微笑。小愛從來不說客套話，所以她的讚美一定都是真心的。

14　日本傳統的兒童節。

我也不知道這樣是好是壞，反正她常常因此引發騷動就是了。總之聽到小愛的讚美不需要害羞，也不需要謙虛。

「謝謝，我好高興。」

我由衷地說出這句話。

「妳們兩個還真賣力。就算是要去聽聖誕音樂會，也不需要穿得這麼聖誕吧。」

富美一看見我們就這麼說，甚至忘了抱怨我們的遲到。她自己穿著設計樸素的深藍色外套，衣襟之下露出了鮮豔的藍色領巾。

「別把我算進去，我又不是故意穿成聖誕風格的。」

我看著富美手中的花束，一邊糾正她，她就微微一笑。

「仔細一看確實不是。不過妳們兩人站在一起的配色看起來就很聖誕……」

她試著向我解釋，但我覺得她多半和我弟弟一樣，只看一眼就聯想到了聖誕老人。

話說回來，我總覺得聖誕前夕和聖誕節就像是風評極高卻一點都不好看的前衛電影，大家一直說這幾天有多特別，但是過得卻跟前後的二十三日和二十六日沒啥兩樣。想讓這些日子變得特別，或許需要付出相應的努力吧。

我們一行人走進了豪華的市民會館。聖誕音樂會聽起來很有派頭，事實上這只是把一些市民團體聚集起來，像是業餘人士發表會之類的活動。富美家這一帶的民眾似乎很熱中文化活動，節目表上列出了媽媽合唱團「麗會」、縣立高中管樂隊、少年少女合唱團之類的團體名稱。

第一個上場的媽媽合唱團真是魄力十足，裡面多半是大嗓門的婦女，擔任指揮的中年女性更是氣勢驚人，她穿著非常亮眼的黃綠色洋裝，每當她那豐滿的手臂揮動指揮棒，裙襬上的綴飾就全都一起晃動。

「那人真像顆包心菜。」

小愛在我耳邊悄悄說道，害我忍不住噗哧一聲笑出來，還被富美瞪了一眼。小愛的形容毫不留情，但確實很貼切。

整場水準最高、表現最精彩的就是少年少女合唱團，主辦單位應該也知道這一點，才會安排這些國小國中的少年少女作為壓軸。

布幕拉起，一群孩子們正經八百地排列在臺上，每個人都穿著白襯衫，男孩穿著黑色短褲，女孩也是穿著黑色裙子，就像鋼琴的黑白鍵一樣，看起來很單調。負責彈鋼琴的中年女人走出來，朝觀眾一鞠躬，坐在鋼琴前面，場內響起了若干掌聲。接著走出來的是指揮，那是個年輕男性，他穿著一套不合身的燕尾服，信步走到舞臺中央，向全場觀眾敬禮，刻意的響亮掌聲立即湧出。在場的觀眾之中想必有不少人是孩子的家屬。

指揮轉身背向觀眾，舉起指揮棒，全場立刻安靜下來。指揮的手腕輕輕一點，鋼琴彈起了前奏，接著孩子們的清澈歌聲隨著美麗的旋律響徹了會場。曲目是舒伯特的〈菩提樹〉。

表演清單是以〈Jingle Bells〉、〈平安夜〉這些聖誕歌曲為主，再加上〈羅蕾萊〉、〈野玫瑰〉這些世界知名的合唱曲，共有十來首，每一首都是旋律優美的曲子，孩子們分成幾個聲部，合音非常協調。

這個團體的水準之高令我非常驚訝，其中有個男孩特別出色，他看起來只不過七、八歲，但最重要的獨唱多半是由他擔任，而他也完全無愧於這份職務，就連舒曼〈流浪的人們〉他也唱得非常好，真是難以想像那個小小的身軀竟唱得出如此動聽的歌聲。令人有些不安的悲傷旋律深深震動了我的心。

其中一句歌詞在我的耳中久久繚繞不去。

——在夢中追尋樂土。

4

安可曲〈Ave Maria〉結束後，布幕落下。富美抱著花束迅速地站起來。

「妳要去哪裡？」

我和小愛同聲問道，富美笑著說：

「後臺。要一起去嗎？」

小愛和我互看一眼，一起用力點頭。

休息室的門口已經擠得水洩不通，急著想去稱讚孩子的父母全都擠在這裡。

「唱得很好唷，媽媽好感動喔。」

「為什麼一直東張西望的？我不是跟你說要乖乖地看著前面嗎？」

「中午就在外面吃吧。你想吃什麼？」

到處都上演著諸如此類的溫馨熱鬧家庭劇。過了一陣子，這波感人親情的浪潮漸漸褪去，現場變得空曠許多。富美輕輕敲了休息室敞開的門，熟門熟路地走進去，我們也戰戰兢兢地跟在後面。

休息室裡只剩三個人，一個是彈鋼琴的中年女人，一個是指揮的年輕男人，還有那個獨唱的男孩。富美首先走向對她露出和氣微笑的女人。

「藤村小姐，辛苦妳了。」

富美出言慰勞，將花束交給她，對方笑著揮揮手說：

「富美，妳的花送錯人囉。」

接著就把富美推向旁邊的指揮。富美紅著臉將花束遞給青年。

「辛苦了。你們表演得很好。」

青年靦腆地謝謝她，收下了和他不太搭調的花束。富美轉頭望向我們，若無其事地說：

「我幫妳們介紹一下，這位是大八木先生，是我的……呃，未婚夫。」

她話還沒說完，臉又紅起來了。原來是這麼一回事。

——我畢業之後就要結婚。

富美大約在半年前告訴我這件事，我當時一聽就哭了出來，現在想想還是覺得很不好意思。我後來聽說，小愛聽富美談到這事的反應也很激烈，她氣得不得了，好一陣子都不理富美，但是過了一週左右，她又笑嘻嘻地主動找富美說話，一副什麼都沒發生過的樣子。

「依照小愛的個性，她一定也想了很多。」

知道這件事之後，我對富美這樣說。不過富美也真可憐，交了兩個朋友都是這麼古怪難搞的人。想到這裡，我忍不住覺得好笑。

當時我覺得畢業是很久以後的事，可是今年已經剩不到幾天了，等到過年之後，那就成了一年後的事。

的確，光陰似箭。

「藤村小姐，妳跟伸也要不要和她們一起吃午餐？」

大八木不好意思地和我們打過招呼後，就對藤村小姐如此問道。伸也大概就是那個小小獨唱歌手的名字吧。不過對方搖搖頭說：

「很感謝你邀請我，不過還是容我婉拒，我和阿伸一起就好了。」

「不要啦，我要去，我要和大八木老師一起。」

一直默不吭聲的男孩突然大聲喊著，衝過去抱住大八木，一邊還偷瞄著富美。

藤村小姐和藹地勸了男孩一陣子，他才不甘願地點頭。

「妳們兩個也會一起來吧？」

一直用猶豫神情看著這個場面的富美轉頭問我們。

「我知道附近有一間店很不錯，一起去吧。」

大八木也熱情地邀請我們，但是我還來不及回答，小愛就用冰冷的語氣回答：

「我不去，我要回家了。」

說完她就轉身走人。

「那、那個……她等一下還有事要忙。我有點擔心她能不能平安回家，我還是跟她一起走吧。」

我急忙打起圓場，表現得不怎麼樣就是了。

「小駒，妳午餐要怎麼辦？」

「……今天是聖誕前夕，你們兩人去就好了。我先走啦。」

我笨拙地朝富美送了個秋波，就匆匆離開休息室。

小愛獨自坐在大廳的沙發上，一看見我就露出可愛的笑容，我便假裝要舉腳踢她。

「妳剛才太失禮了吧，也不幫富美想想。」

小愛鼓起臉頰說：

「我討厭那個人。叫什麼大八木嘛，怪透了。」

「哪裡怪了？」

「大山羊，小山羊，咩咩咩～」（註15）

小愛唱起了莫名其妙的即興歌曲。我不理會她，逕自走開，她也起身跟過來。

「那個人根本配不上富美，看起來就像個土包子，身高也沒比富美高多少。」

她還說了這種話。

「不過他看起來很體貼耶，感覺是個好人，孩子們好像也很喜歡他。」

「既然如此，妳就去跟他們一起吃飯啊。」

「別開玩笑了。那個叫藤村的人也很識趣地婉拒了不是嗎？我可不想當電燈泡，阻撓人家的戀情是會被馬踢的。」

15　八木和山羊的日文發音都是yagi。

「會踢人的是小駒才對吧。」

公主殿下又拗起脾氣。我忍不住笑了。

「看妳現在的表情，真是一模一樣。」

「跟誰一樣？」

「就是剛才那個叫阿伸的男孩啊。他看著富美的眼神，和妳看著大八木的眼神一模一樣。」

「胡說什麼啦，小駒是大笨蛋，我不理妳了啦。」

我盡力安撫發火的小愛，突然覺得我和她從來沒有像現在這麼親密過。

聽到富美的告白時，我的眼淚掉個不停，小愛則是火冒三丈。我的反應就像個自我中心的小孩，而小愛的反應也是極度的不理性，看起來似乎是兩個極端，又像是同一張照片的正片和負片。

「好了啦，小愛，別再生氣了。我們去吃些好吃的吧，挑妳喜歡吃的。」

我一邊追過去一邊說，她卻突然轉過身來。

「好，我出來之前已經查過了，車站前的漢堡店有聖誕限定套餐，我們就去吃那個吧。」

在飲食方面的喜好很有庶民風格的小愛笑著說。

5

「在夢中追尋樂土……」

我一邊吃著漢堡，一邊喃喃自語。

「妳說什麼？」

小愛疑惑地問道。

「就是剛才那些孩子們唱的歌〈流浪的人們〉啊，這是裡面的一句歌詞。」

「喔？是說夢到了駱駝嗎？」（註16）

「我幹麼追尋駱駝啊？小愛，妳一定是故意的吧？」

喜歡胡鬧的小愛若無其事地喝著果汁，一邊說：

「樂土是什麼意思？」

「我剛才查過了，意思和樂園一樣，就是沒有悲傷痛苦，能夠開開心心過日子的地方。」

來漢堡店之前，我因為還得還書，就拉著小愛先去了圖書館，離開的時候又借了同樣數量的書籍，所以紙袋的重量完全沒有減輕。

16 樂土rakudo音近駱駝rakuda。

「樂園啊……」小愛喃喃說道。「真的有那種地方嗎？」

「就是因為沒有才要到處尋找啊，所以成了流浪的人們。樂園或許只存在於夢中吧。」我說完就嘆了一口氣。原來我也會說出這麼沒有夢想的話。這時我突然想到一件事，立刻從紙袋裡掏出一本書。「嘿，小愛，妳看過這本書嗎？」

那是J・D・沙林傑寫的《麥田捕手》。我突然想再重看一次這本書，就一併借回來了。小愛盯著書一陣子，搖搖頭說：

「我只聽過書名。好看嗎？」

我歪著頭，邊想邊回答：

「該說是好看嗎……主角霍爾頓是個憤世嫉俗的少年，跟身邊的人總是格格不入，尤其是狡猾卑劣的大人……妳怎麼了？」

我發現好友一直關注自己的腳踝，就停了下來。小愛抬起頭說：

「抱歉，這雙鞋我還穿不慣，腳有點痛。然後呢？」

她似乎連鞋子都是新買的。我先關心她一下，又接著說下去：

「霍爾頓說自己最想要當麥田裡的捕手。孩子們常常在懸崖邊的麥田玩耍，如果他們快要衝出懸崖，他就會抓住他們，把他們帶回安全的地方，他想做的就是這種工作。我在高中時第一次看這本書，看到這裡還忍不住哭了……很奇怪吧？我在想，現在再看一次不知道會有什麼感覺，所以就借回來了。對了，小愛，妳有想過將來的事嗎？」

「我什麼都沒想。」小愛爽快地回答。「不是每個人都像富美一樣把每件事都規劃得好好的，反正人生就是這樣嘛，船到橋頭自然直。」

我凝視著小愛好一陣子，然後從喉底發出科科的笑聲。

「的確是呢。我最喜歡妳這一點。」

「太好了，那我們就是兩情相悅了。」

她輕鬆地回答，然後隨口問道：

「小駒，妳知道坂口亮嗎？」

「啊？」

我過了片刻才理解那是個人名。小愛又問了一次：

「坂口亮是誰啊？」

「小愛，妳在說什麼啊？」

小愛認真地望著我，然後微笑著說：

「沒什麼，別放在心上。我要回去了。」

她拉開椅子站起來，用一種我從未見過的奇妙神情望著我說：

「小駒，妳可別離我而去喔，不要像富美一樣自己跑得遠遠的喔。」

說完以後，小愛把一樣東西輕輕放在桌上，就轉身離開了。

她留下的是一封信。

6

我交互看著走掉的友人和桌上的信。小愛頭也不回地走出店外，只剩下我一個人。我又看看小愛放在桌上的信，那是個淺粉紅色的細長信封，收件人寫著「入江駒子小姐」。

這是第三封信。我突然這麼想。

之前我收過兩次類似的奇怪信件，信封上都沒有寄件人的名字。我第一次收到那些信是在十月中旬，信封是淺藍色的。第二封信是在十月底收到的，裝在漂亮的奶油色信封裡。兩封信都沒有署名，但我可以確定那是同一個人寫的，因為兩封信同樣用了藍色墨水，有著同樣的筆跡，還有同樣奇怪的內容。

那筆跡不像是我認識的人寫的。譬如說，瀨尾寫的字端正又柔和，而這個字跡好看歸好看，卻沒有任何特徵，就像是練習簿上的範本一樣標準，完全看不出是男人的字還是女人的字。

和那整齊漂亮的筆跡相比，信件的內容卻很不尋常。這身分不明的寄件人說我是故事的主角，稱自己是讀者。與其說是不尋常，還不如說是詭異。

但我也不是毫無線索。差不多在第一封信寄來的時候，我也收到了瀨尾寄來的第一篇感想。我從今年秋天開始寫故事，而且只給瀨尾看過，所以我很難不懷疑。我不是懷疑瀨尾破壞了約定，擅自把我的故事給別人看，這種事我想都沒想過。或許是有一些難以避免的情況，譬如某人趁著瀨尾不注意的時候偷看了我的故事……想到這裡，我就覺得心情低落。

不知該說是幸或不幸，我的疑慮很快就被澄清了。大概半個月以後，第二封信寄來了。當時我的第二篇故事只寫到一半，而那封信卻提到了我正在寫的故事內容，而且信中透露的事還不只是這樣而已。

我自己都覺得很奇怪，為什麼我沒有讓其他人看這些詭異的信件，甚至也沒給瀨尾看。我大可告訴他我收到這些信，感覺很不舒服。相反地，我只是把這兩封信深藏在抽屜裡。

這次收到的是第三封信。為什麼這封信會在小愛的手上呢？

我把手伸向那封信，輕輕拉近，頓時大吃一驚。上面第一次出現了寄件人的名字。

坂口亮。小愛剛才問的就是這個名字。

絕對錯不了，小愛一定誤會了什麼。但是除了解開誤會之外，我還有更重要的事該做。我小心翼翼地拆開信封，打開摺疊好的淺粉紅色信紙，漂亮的文字羅列其中。

這是我第三次，也是最後一次寫信給妳。

妳不覺得很奇怪嗎？紅色氣球應該牢牢地繫在女孩的手腕上，怎麼會飛走呢？其實是女孩故意解開手腕上的繩子，自己放掉了氣球。至於理由是什麼，我也很清楚。

因為那孩子不想讓自己的氣球被風箏尖銳的刺給刺破。事實上，其他四顆氣球都一一被刺破了。男孩們應該不會把女孩的氣球也拿去玩，但我完全可以理解女孩的心情。

就像女孩保護氣球一樣，我也一定要保護那孩子，為此無論要我做什麼都行。

所以，我非得去見那個死掉的少年不可。這一年來，我不停地思考有沒有其他的方法，而且自從看了妳這故事之後更是如此。我真的深信，活著才是最好的。

不過，只要活著就難免要承受難以想像的痛苦，這也是不爭的事實，尤其是生活中只有永恆的、無盡的逃亡。那個少年一定不會原諒害死自己的人，一定會永遠在牆上發出譴責。

老實說，我沒有守住祕密的自信，但我如果說出來，就會毀了那孩子的人生。既然如此，我只能去請求少年的原諒。我只有這個方法可以保護那孩子了。

我由衷愛護那孩子，因為我只有這麼一個家人，我直到現在還沒有採取最簡單的解決方法，都是因為捨不得丟下那孩子一個人。如果那孩子失去了我，一定會很傷心。但是現在的生活對那孩子而言已經很痛苦了。聽到別人說了什麼話，都要仔細思索有沒有隱藏的含意，而且隨時隨地都要擔心自己會不會暴露出那椿醜惡的罪行。每天過著這種生活，那麼聰明的孩子不可能不痛苦的。

如果我不在了，那孩子應該就能擺脫那些折磨了，然後總有一天可以忘記。對我來說，這真是個痛苦的決定……反正我的痛苦也不會再延續下去，所以不管怎麼做都一樣。

不看的書就只能闔上。我打算選在少年離開人世的那一天。剩下的日子，我還是會過著如同以往的生活，一邊祈禱著能再多看妳幾眼……

我寫給妳的單方面通信就要在此結束了，我再也不能看到妳故事的下文了。只有這件事讓我覺得遺憾。請多保重。

7

這是一封遺書。

讀了那封信幾次之後，我在背脊發涼的恐懼之中做出這個結論。寫這封信的人一定是打算尋死，而且……

收到第二封信的時候，我非常震驚，所以調查了一些事。說是調查，其實我能做的也只是去圖書館查詢一年前的報紙。我找到了一小篇報導，文章的內容標準到有點可笑，我猜報社在報導每天發生的交通事故時可能都是用同一篇文章範例，只是替換了人名和地名。

我從那篇典型的報導之中只找到了一點新資訊：發生車禍的少年因為頭部受到重擊而當場死亡，時間推測是晚上六點左右，但事故現場很暗，那一帶的行人也不多，所以很久之後才被發現。當天下午四點過後下了霙（註17），導致視線不佳，也影響了煞車功能，所以當天發生了好幾起車禍。

不過裡面還有更重要的資訊，那就是車禍事故的日期。因為那是個「特別的日子」，所以我到現在還記得很清楚。

十二月二十四日，聖誕前夕。也就是去年的今天。

這麼說來，這封信的寄件人——坂口亮——打算尋死的日子就是今天。

用藍色墨水寫的文字在信上搖晃起來。我拿著信的手在顫抖。我一點都不覺得坂口亮是用開玩笑或惡作劇的心態寄給我這封信。他是認真的。他用近乎絕望的

17　雪和雨一同降下的現象。

心情做了這個決定。我非得做些什麼不可。

我衝出店外，跑到附近的電話亭，翻開電話簿找尋「SA」開頭的姓氏，結果發現市內有七十七戶姓「坂口」的人家。我不太確定這樣算多還是少，或許不算太多吧，但還是多到足以讓我一眼望去就感到徬徨。我找不到坂口亮這個名字，但他可能和登記在電話簿上的人是一家人。我插入電話卡，撥打第一戶坂口家，接著馬上把話筒掛回去。信中是不是提過「只有這麼一個家人」？寫信的人稱那人為「那孩子」，如果他要保護的人是一家之主，他再怎麼樣都不可能叫那人「那孩子」吧。既然如此，電話簿上一定沒有我要找的人，更何況我也不確定對方是否住在市內。

電話發出嗶嗶聲。

——您忘記電話卡了，請盡快取出。

這臺綠色的機器正在這麼告訴我。我拿出電話卡，再次插進去，撥打了某個我記得的號碼。

「喂喂，這裡是宇佐美家。」

響了五聲之後，一個熟悉的聲音回應道。

「喂，小愛？我是入江。」

「喔喔。」小愛的語氣似乎有些無精打采。「是小駒啊。」

「小愛，我要問妳剛才那封信的事。妳怎麼會有那封信啊？」
我急匆匆地問道，小愛沉默了一下才回答：
「是妳自己弄掉的，把書拿出來的時候。」
「書？」
「就是沙林傑那本書。」
我愣愣地回了一聲「喔」。她說的是《麥田捕手》。所以那封信是我拿書給小愛看的時候掉出來的。我早上把書放進紙袋時，裡面當然還沒有那封信，可見一定是後來有人把信放進我的紙袋裡。從我離開家門，到我進入漢堡店之間。
會是哪裡呢？車站前的人潮中？電車上？市民會館的眾多觀眾之中？這些地方都有很多人，而我走在路上一向不會注意身邊的情況，所以別說是信了，就算袋子裡被人放了炸彈我都不會發現。
直到爆炸為止。
雖然我的紙袋只是被丟進一封信，但這封信跟炸彈差不多，都是有時限的。
「小愛，妳對學園祭還有印象嗎？那天妳有沒有發現什麼奇怪的事？」
我不抱期望地問道。我猜坂口亮當天應該在場，否則他不可能知道那些事。
「奇怪的事？」
「譬如有人一直在看我。」

「有啊。」小愛用稀鬆平常的語氣說出了令我很意外的答案。
「真的嗎？在哪裡？」
「在校舍的門邊不是有一臺公共電話嗎？插卡式的。我十點左右經過那裡，還有十一點左右送慰勞品給妳的時候都看見了，是同一個人。」
「喔喔，是那個時候啊……」時間對得上，但我還是有些事不太理解。
「可是。」我繼續問道。「說不定那個人只是剛好在那兩個時間打電話，為什麼妳會覺得他奇怪？」
「因為錢沒有減少啊。我第一次經過時聽見他在說話，像是『是，喔喔，這樣啊』。可是第二次看見的時候，電話卡裡的金額還是沒變。這不是很奇怪嗎？」
「等一下，為什麼妳看得出來電話卡裡的金額有沒有減少？」
「真蠢。」小愛毫不留情地說。她會在學校和一些人結下梁子都是因為說話太不客氣。「插卡式電話不是有個小小的螢幕嗎？裡面會顯示出電話卡的剩餘金額，就是那個紅色的數字。」
此時我眼前電話的紅色數字剛好從三十六變成了三十五。小愛繼續說道：
「我兩次看到的是同樣的數字，一直沒有變，都是四十八。」
我無言以對，沒想到個人隱私竟然這麼容易洩漏。那個人只是一直對著空氣自言自語。

「……如果不是在講電話，那個人究竟在做什麼？」
「誰知道。應該是在看妳吧。」
我心中一驚。所以那個人真的是坂口亮囉？他到底站在那裡看了我多久……
「那是個怎樣的人？」
我小聲問道，但小愛好像在生氣，她冷淡地回答：
「妳這麼想知道嗎？那是個奇怪的男人，看起來畏畏縮縮的，年紀嘛，應該比我們大多了，我想應該是二十七、八歲吧。我覺得妳最好還是別理他。掰啦。」
小愛一講完，就不由分說地掛斷電話。
——她整整一個星期都不跟我說話。
我苦笑著想起了富美說過的話。這下子沒辦法了，看來小愛是不會繼續幫忙了。雖然這是個天大的誤會，但她一旦認定如此就很難解釋了，我現在可沒那麼多時間跟她耗。
不管怎麼說，我還是得到了一些關於坂口亮的線索：二十七、八歲的男人，給人一種畏畏縮縮的印象。在判斷年齡這方面，小愛比我可靠多了，所以這點想必錯不了，我有疑問的是「畏畏縮縮」的部分……
我突然想起一件事，我在學園祭擔任櫃檯小姐時，有一個男人來問過廁所在哪裡。不，他沒有問出口，只是欲言又止地說了「那個……」，我就自以為體貼地問他：「要找洗手間嗎？」之後才發現我跟他說的地方只有女廁，令我深感內疚……難道就是那個人嗎？

那人是什麼樣子呢？我一點都想不起來，畢竟那已經是將近兩個月前的事了，我對他的印象和那位聊到7-11的大哥一樣模糊不清，彷彿霧裡看花。這時我不禁佩服小愛的記憶力，她總是會在這種意想不到的場合發揮超乎常人的能力。

我放棄回想，從包包裡拿出通訊錄，打電話給野枝。她當時也在場，說不定會記得些什麼。

這個念頭或許是太樂觀了些，如果弟弟在這裡，一定又會笑我「只想靠別人」。

「喂，野坂家。」電話響了幾聲，野枝就接聽了。

「啊，是野枝嗎？我有事想要問妳……」

我連招呼都不打，直接切入主題，但我說到一半就停了下來。野枝用她那平淡的語氣繼續說：

「我現在不在家，如果有事請留下訊息。」

我長嘆一口氣。原來是答錄機。電子音效嗶的響起。

「……我是入江，請快點回電，再見。」

我說完這些無意義的留言之後就掛了電話。

接下來我又打電話給富美，但她似乎還沒回家。想也知道會是這樣。我想起了大八木的臉，也想起了富美開心的表情，還有富美的媽媽，她和富美一樣都是有話直說的人。

我正在思考還能打給誰，卻看見一個中年女性提著百貨公司的紙袋站在電話亭外，我只好放棄，走了出去。寒風迎面吹來，讓我打了個哆嗦。

該怎麼辦呢……

我失魂落魄地站在人來人往的商店街中央。

周圍經過的都是不認識的人，大家的步伐彷彿配合著歡樂聖誕歌的節奏，一邊走一邊說說笑笑。在茫茫人海中，有一個人努力地對我發出訊號。我不明白他為什麼選擇了我，總之坂口亮這個未知人物的訊號傳到了我的手中。不是傳給其他人，而是傳給我。

我收到了他的ＳＯＳ訊號。在絕望中寄託著一絲希望、最後的求救訊號。

我邁出步伐。繼續站在這裡也無濟於事，總之還是先回家吧。

車站前的電子布告欄宣告著此時是下午兩點。

8

「妳回來啦……怎麼了嗎？」

大概是我的表情太凝重，媽媽不禁如此問道，但我只是隨便敷衍兩句，就跑上二樓。我脫掉外套，蹲在桌前，拉開最下面的抽屜，從最底下抽出兩封信，和第三封一起排放在地毯上。毫無疑問，這是同一個人的筆跡。我坐在地上尋思著。怎麼辦？還是再翻出電話簿，打到上面登記的坂口家看看吧，七十七戶全都打一遍。我默默地搖頭。這樣得花很多時間，但我剩下的時間已經不多了，而且也不見得有用。那我還能怎麼做呢？

打開的抽屜裡放著幾本筆記本，裡面是我從十月到十一月寫下的三篇故事，瀨尾讀完之後寫給我的感想也收在一起。我取出了那幾篇感想，又重新看了一次。白底印著細線、刻板無趣的信紙上（這一定是學校用的作業紙）寫滿了瀨尾的字跡。我收到這幾篇感想之後讀過很多次，將來想必還會重看好幾次。

我覺得瀨尾是個難得一見的人才，我看不見的事，或是連看都不會去看的事，他都能看得清清楚楚，眼力好到令人吃驚。我把他的這種才能稱為「推理力」，他卻訂正為「空想力」。

——就是想著天空的能力。聽得懂嗎？

當時他笑著這麼說，我也笑了，但我其實沒有完全聽懂。如今我覺得好像比較能理解了。

想著天空的心情，以及牽掛著某人的心情，這兩者一定是同一回事。

看完了瀨尾的三篇感想之後，我的心裡頓時一輕。
最後一行寫了「到聖誕節再見囉」。
既然聖誕節能見面，那麼至少前一天就該回來了吧？說不定他現在就在自己的房間裡。
我的想法漸漸傾向了樂觀。瀨尾一定能幫上我的忙。就算被批評「只想靠別人」也無妨，只要讓我來得及找到坂口亮就好。
我把三封信和錢包塞進外套的口袋裡，再次跑進了十二月的寒風中。

9

最可恨的是，瀨尾家沒有裝電話。
「這年頭很少看到有誰的家裡不裝電話呢。」
有一次我這麼說，而他苦笑著回答：
「因為不需要啊。」
他說得很自然，但我聽得卻有些擔心，感覺他好像是拒絕和人接觸。
我不確定瀨尾不裝電話是不是有他自己的考量，但在這種時候真是令人焦急。
我用小跑步鑽過車站前的人潮，一邊模仿小愛的語氣喃喃罵道「瀨尾大笨蛋」。他現在一定打了個噴嚏吧？

我在月臺上坐立難安地等著電車。月臺的屋頂上是一片灰濛濛的陰鬱天空，好像快要落淚似的。要是下雨就糟糕了，因為我出門時太匆忙，沒想到要帶傘。我向凍僵的雙手呵氣。啊，我連手套都留在房間裡了。沒辦法了，我只好把手插進口袋，摸到了放在裡面的信。

好不容易等到電車來了，我立刻跳上去，到了下一站又急忙衝下車。瀨尾住的地方距離車站十五分鐘路程，那是住商混合大樓天臺上的一個房間。其實我沒有親自去過，只是聽他這麼說過。方向感不太好的我只能憑著地址找出他家，找到的時候已經花了三十分鐘以上。走進大樓之前，我看了一眼手錶，現在是三點十五分。

我發出嘆息，搭電梯到五樓，也就是頂樓，再來就得爬樓梯了。樓梯又窄又陡，兩邊牆壁不知為何漆成藍色。這顏色在剛粉刷的時候一定很鮮豔，但如今已經褪色，而且表面斑駁。

爬上樓梯時，我有一種似曾相識的感覺，或者該說是聯想吧，總之我想到了小學的游泳池，從更衣室到游泳池邊的通道，兩邊牆壁漆的也是這種藍色。

無助地漂浮在透明水中的自己。不安的漂浮感。在水中變得朦朧而詭譎的聲音。扭曲搖曳的視野。消毒水的味道。游得力不從心的自己。心底懊惱的感受。

最後，伸出的指尖摸到了池邊的牆壁。堅固安穩的水泥牆壁。

我的指尖摸到了天臺的門。我輕輕一推，門扉發出金屬的軋軋聲敞開了。

如同從深邃的水底突然浮上水面，我眨眨眼睛，恍惚地環視天臺。有一間小屋座落於天臺一角，像是被單獨丟在這裡似的。那就是瀨尾住的地方。雖然比倉庫大不了多少，但確確實實是一間房子。

我按捺著迫不及待的心情，慢慢走進天臺。這棟大樓有五層樓，所以天臺的高度是六層樓，和學校那座塔差不多。放眼望去，只能看到灰撲撲的高樓大廈和陰沉的天空。

有個冰冷的東西落在我的臉上，一下子就融成水滴，流下我的臉頰。大概是在下霙了。去年的今天也下了霙。同樣的一天再次上演了。

我搖搖頭。不會有這種事的。我跑向那扇油漆剝落的米黃色門前，門的右邊有門鈴，我輕輕按下去，就聽見屋內傳出了叮叮的輕響。沒有人聲。整棟建築都靜悄悄的，感覺好像根本沒有人住。

我等候片刻，又按了一次門鈴。叮叮……鈴聲悄然響起，除此之外還是一樣鴉雀無聲。

我突然感到心頭發涼。看來瀨尾還沒回來，我果然想得太樂觀了，他如今一定還在遙不可及的遠方。他遲早會回來的，明天，或是後天，不管是哪一天，到時一切早就結束了……

「瀨尾，你幹麼出國呢……」

我以脆弱的聲音喃喃自語。

「為什麼你現在不在呢？我一個人什麼都做不到……」

我從不曾像現在一樣覺得自己這麼軟弱無力。我什麼都做不到。獨自一人什麼都做不到。根本不知道該做什麼。

彷彿全身都失去了力量。我軟弱地想著。

不知不覺間，我癱坐在門前。因為有屋簷擋住，讓我免於被霙淋濕，但是接觸水泥地的部位還是很冷。我像胎兒一樣縮成一團，雙手抱住自己的腿。好冷。我的肩膀、雙手、雙腳、牙關，都不停地顫抖。

——雪花夾帶著雨水落下。或是雨水夾帶著雪花落下。

我把臉埋在膝間，不停地對那不知名的寄件人說話。

「對不起，我沒辦法找到你。你為什麼選擇我呢？其實你很想活下去吧？你也不想要在這種下著霙的日子死去吧？為什麼寄信給我呢？我根本什麼都做不到啊……」

我反覆說著「對不起、對不起」，靠在門上坐了不知道多久……

遠方傳來金屬摩擦的軋軋聲，接著聽見噠、噠、噠的聲響從我坐著的水泥地傳

「啊，煮開水讓我來吧。」

我趕緊看看四周，發現角落有一處簡易廚房。我找出小小的水壺，沖洗兩三次，放在爐上煮，然後打開旁邊的小冰箱看看，裡面除了兩三個瓶子以外什麼都沒有。

「你平時真的住在這裡嗎？」

我向剛點著暖爐的屋主問道。我們兩人都還穿著外套。瀨尾悠哉地回答：

「妳覺得我的東西太少？」

「是啊。」

聽到我坦白的回答，瀨尾輕輕地笑了。

「生活本來就不需要太多東西。」

「是這樣嗎……」

我心想，這屋子確實很有他的風格，但我還是覺得太離譜了。瀨尾像是突然想到什麼，就把一旁的包裹拿給我。就是我先前放在桌上的那個包裹。

「這是土產。」

「給我的？」

我吃驚地接過來，小心地拆開包裝紙，裡面裝的是一隻大大的純白綿羊布偶。布偶的脖子上紮著綠色緞帶，上面有「NEW ZEALAND」的字樣。

「這是美麗諾羊。」

瀨尾的語氣聽起來有些害羞。他在買這隻布偶時是什麼表情呢？

「是百分之百純羊毛吧。」

我抱起綿羊，牠用柔弱的聲音「咩～」地叫了一聲。和我剛才坐在門前的喃喃自語一樣。

令我胸口發疼的恐懼和過度憂慮的緊張感此刻全都消散了。

我從外套口袋拿出三封信，依照順序擺在瀨尾面前。淺藍色信封，奶油色信封，還有淺粉紅色信封。

「交通號誌。」

瀨尾用漫不經心的口吻說道。

「啊？」

「青色是安全，黃色是警戒，紅色是危險。」

我暗自一驚。此時水壺發出了響亮的鳴聲。

「瀨尾，請你照這個順序看。有什麼話都等你看完之後再談。」

我說完就站了起來。

瀨尾的房間一眼就能看出有什麼、沒有什麼，連廚房都不例外。茶碗一個，盤子兩個，一個深一個淺，飯碗一個，馬克杯和茶杯各一。看著這些東西，我的眼淚幾乎要掉下來，但我還是努力克制，拿起櫃子裡的即溶咖啡沖泡。瓶裡的奶精只剩一點，勉強挖得出兩杯的分量。我和瀨尾都不加糖，這裡似乎也沒有砂糖。

因為沒有托盤，我只能一手一杯直接端來。用凍僵的手指抓著杯耳感覺好燙。我將杯子叩的一聲放在桌上，瀨尾輕輕點頭示意。他已經看到第三封信了。我喝著裝在茶杯裡的咖啡，靜靜等他把信讀完。此時我終於不再發抖了，於是將外套脫下，放在一旁。

瀨尾很快就讀完了全部的信件，然後抬起頭來，用難以言喻的表情望向抱著綿羊布偶的我。

「如果寫這封信的人……」

「嗯？」

「沒什麼……」

瀨尾輕輕搖頭，立即關掉了讓房間逐漸變暖的暖爐。

「把外套穿起來，動作快。」

我頓時呆住，睜大眼睛盯著他看。

「你看出什麼了嗎？我現在該去哪裡？」

瀨尾站著喝光了稍微變冷的咖啡，然後沉穩地笑著說：

「當然是走出森林。」

11

霙如同融化的雪酪，從陰暗的空中淅瀝瀝地落下。走出大樓時，瀨尾拿給我一把大大的黑傘，我一打開，就發現頂端有個小小的洞。

「好像北極星。」

我喃喃說著，然後往前望去，看見瀨尾已經走了三公尺左右。這時我才發現，雨傘只有一把，而他完全沒有撐傘的意思。

我收起雨傘，用小跑步追上瀨尾。他用責怪的眼神看看我，又看看雨傘，我便傲然地抬起下巴，盯著他說：

「我們有兩個人，而雨傘只有一把，與其看著其中一人淋濕，還不如兩人都不要撐傘。我說錯了嗎？」

瀨尾露出笑意，像是看著一個不講理的孩子。

「一點都沒錯。」

我把雨傘推向瀨尾。夜空攤在我們兩人的頭上，在天頂的地方亮著一顆星。

兩人並肩而行時，我想起了第一次見到瀨尾的時候。今年夏天，我在公車站等車時突然下起大雨，我很猶豫該不該邀請一個不認識的年輕男人跟我共撐一把傘。

現在我們之間的距離比當時更近，雖然只是拉近了一把傘的距離。

「瀨尾，你看出什麼了嗎？」

我受不了沉默的壓力，於是開口問道。

「妳看完那三封信有什麼想法？」

「什麼想法……」問題被丟了回來，我尋思著該怎麼回答。「看信的時候，我都會想起一些夢。」

「夢？」

「嗯，逃脫的夢。我經常作這種夢，像是在陰暗的森林，或是在家裡，或是在某顆小行星，就像科幻故事一樣。雖然場景不同，但是我都不得不逃離那個地方，有點像強迫症。」

「妳一讀信就會想起這些夢？」

「是啊。」

瀨尾沉默片刻，突然喃喃說道：

「對了，我看到南十字星了。」

「哇喔。」我發出驚嘆。「感覺怎麼樣？」

「唔……確實很特別，雖然那只是個小小的星座。為了看南十字星和大小麥哲倫星系，我熬夜了好幾天。」

「這樣對身體很不好耶。」
「我隔天的白天都會補眠啦。」
瀨尾微笑著說，我也跟著笑了。
「除了南十字星之外，妳知道還有個北十字星嗎？」
「有這種星座嗎？」
「有啊，就是妳也認識的天鵝座。有人認為北十字星比南十字星更美，也更耀眼。」
「說這種話的人一定是住在北半球。」
「大概吧。」瀨尾又笑了，但他立刻恢復正經的表情。「看到天鵝座，我不知為何都會想到逃命的鳥。牠死命拍著翅膀想要逃跑，卻被地球的重力困住。」
「你……是在說坂口亮的事嗎？」
「也不完全是在說他。妳還記得奮進號太空梭成功升上太空的事吧？當時的電視新聞和報章雜誌都爭相播報。」
「是啊，毛利衛真是帥翻了。」
我說著像是追星族一般的發言。其實我看了新聞報導之後就成了他的粉絲。瀨尾露出有些意外的表情。
「其實毛利本來預定要在一九八八年搭乘另一艘太空梭，但是因為一九八六年發生了一起意外，所以延遲了幾年。」

「你是說挑戰者號吧。」

挑戰者號的失敗總是如影隨形地跟著奮進號的成功。瀨尾表情苦澀地點點頭。

「當時毛利正在自己的房間裡玩電動遊戲。那是一款叫作『淘金客』（Lode Runner）的遊戲，總之就是要一直逃避敵人的追捕。」

逃啊逃啊，不斷地逃跑。如果被追上、被抓到，就會大禍臨頭。反正一直跑就對了，永無止境地逃下去……

我渾身一顫，抱緊了綿羊。

「要一直逃跑真是可怕的事。」

「是啊，因為不可能逃一輩子。」

瀨尾神情肅穆地凝視著前方說道。好一陣子我們兩人都沒有再開口，只是默默地繼續走著。我們搭上電車，到了我家附近的那一站。

接近那地方時，我的心中越來越疑惑。瀨尾還是不發一語，快步地走著。我好幾次想要問他，但是想一想又作罷，直到我確定真的是要去那裡，才開口問道：

「現在還去那個地方有什麼用？」

瀨尾轉過頭來，微笑著說：

「因為那裡是吸收資訊的地方啊。」

我露出愕然的表情，他又繼續解釋：

「坂口亮是怎麼得到妳的資料的？包括妳的地址、生日、學校、家庭成員這些個人資料。而且還不只是這些，從他信中的語氣聽來，他甚至知道妳對什麼有興趣，平時都在想些什麼。相反地，妳對坂口亮這個名字卻毫無印象。那一定不是假名，與其要編造假名，還不如不要署名，畢竟前兩封信都沒有寫寄件人的名字。好啦，問題來了，有什麼地方能夠發展出這種奇特的關係呢？」

我遙望著那棟建築物，回答：

「……你想說是圖書館嗎？」

瀨尾輕輕點頭。

「圖書館一定是其中之一。在申請借書證的時候，就能得到不少關於妳的資料了。」

「連家庭成員都能知道？」

「現在到處都用網路系統來管理資料，只要輸入妳家的電話號碼，就能輕鬆地找出其他登記了同樣號碼的使用者。用這種方法找出來的名字，基本上應該都是家人吧。」

我點點頭。我的家人確實都申請過借書證。

「如果某天妳一口氣借了四本甜點食譜……」瀨尾用戲謔的語氣說道，我輕輕聳肩。「或是突然對無齒翼龍產生興趣，找了恐龍圖鑑來看，之後某人借了同一本書，看了同樣的照片和圖畫，會是如何呢？那也算是一種替代經驗吧。」

「誰會做這種事啊？」

「就是有人做了。」瀨尾一口咬定，然後自言自語似地說道：「如果持續追蹤某人的讀書嗜好，就算不能徹底了解這個人，至少也能對這人的想法和興趣有相當程度的了解吧。」

「做這種事又沒有意義。」

「或許那個人覺得有意義吧。」

我一邊走著，一邊無意識地重新抱好懷裡的布偶。那可愛的叫聲在寂靜之中幽默地響起。

「……我明白你的意思，可是……」

坦白說，我對這個推論完全無法認同。

「妳寫的故事裡出現了幾條線索。在第一篇故事，妳提到拿駕照去申請了光碟出租店的會員證和圖書館的借書證。妳考到駕照是九月初，所以申請借書證一定是在那之後。」

「大概是九月中旬吧。」

「第一封信是十月寄來的，時間正好銜接上，不是嗎？然後是第二篇故事，妳說用圖書館的影印機印了很多資料，但影印機一直出問題。妳當時影印的應該是第一篇故事的原稿吧？要寄給我的。」

被他說中了。我紅著臉點頭。

「印壞的資料妳是怎麼處理的？」

「丟到一旁的廢紙箱……」

「也就是說，那裡有人可以看到妳的故事，就算只能看到一部分。第二篇故事是從另一個管道流出的，就是妳和朋友的談話。那個鬧鬼的故事，妳從頭到尾都告訴朋友了吧？當時有人在旁邊嗎？」

「我想應該沒有人吧……」

我嘴上這樣說，其實心裡並不確定。

「旁邊確實有人。妳的朋友不是說過嗎？圖書館的人一直盯著妳們聊天。」

「你這麼一說……」的確如此。瀨尾的記性真是太厲害了，連我這個作者本人都不記得的事，他卻記得一清二楚。我不禁嘆了一口氣。「第三篇故事就更簡單了，因為他就在現場看著。」

他在那裡看見了我看到的事，也看見了我沒看到的事。就這樣，那個人——坂口亮——得到了各式各樣的資訊。

「對了，還有一個重點：那天是文化日。文化日是國定假日，換句話說，那天是圖書館的休館日。最後還有一個線索，是關於第三封信放進妳袋子裡的時機。那封信是在妳拿書的時候掉出來的，所以不可能是在妳去圖書館之前，這樣看來，他唯一能找到機會的地方就是……」

瀨尾只說到這裡，就停下了腳步。前方是一棟嶄新豪華的建築物——三個多月前才剛啟用的市立圖書館。

「好啦，我們進去吧。」

瀨尾說道，我們就一起走進了建築物。

12

自動門在背後關上，溫暖的空氣包圍了我們凍僵的身體。我四處張望，館內的人沒有比平時少，也沒有更多，有人坐在椅子上看報紙，有人在書櫃之間漫無目的地走著。我平時來這裡都會先大略地掃視一輪新進的圖書，然後走到櫃檯，低聲說「我要還書」，館員也會同樣小聲地回答「好的」，幫我辦手續。現在都是用機械處理，不需要等太久。然後館員會把書拿給我，說「麻煩妳放回書櫃上」。

我在借書還書的時候，有仔細看過館員的臉嗎？

我迅速地瞄了櫃檯一眼。有兩位女性，一位男性，男性的年齡大約四十歲左右。我一向不太會判斷別人的年紀，但他怎麼看都不像坂口亮。我轉頭看看身邊的瀨尾，發現他像長頸鹿一樣伸長脖子眺望著閱覽室的一角，那裡排放著幾個書櫃，第四位館員就在最裡面的地方。那是一位男性，而且很年輕。

我乾嚥著口水。會是他嗎？我懷著祈禱的心情慢慢走過去，那人正在把推車上的書籍排放到書櫃上。

「不好意思……」

我朝他走近，從書櫃後方探出頭，戰戰兢兢地問道，他抱著一堆書回頭說「是的」。

「妳想找什麼書？」他客氣地問我，彷彿看慣了自己找不到書，或是懶得自己找書的客人，然後用敬業的態度等著我回答。

我忍不住仔細打量他的臉，那張長滿青春痘的臉上浮現出疑惑的神色。

我突然意識到，不是這個人。他那顯然不認識我的態度應該不是裝出來的，坂口亮也不像是這麼熱情隨和的人。

「我想要請教你一些事……」在不自然的漫長沉默之後，我終於開口說道。「有一位坂口先生在這裡工作，他現在……」

我還來不及問他「在哪裡」，對方就恍然大悟地「喔」了一聲，把書放到推車上。

「妳就是坂口的夢中情人吧？」

他突然用開玩笑的語氣說著，我只回答得出「啊？」，他又用親暱的態度說：

「啊，妳別誤會喔，我得先告訴妳，坂口什麼都沒跟我說過，他那個人真不知道該說是老實還是古板，上司都說像他這種人一定娶不到老婆。」他吐了一下舌頭，嘿嘿地笑著。「不過我對這種事很敏銳，所以早就看出來了。每次妳來圖書館，坂口就會變得怪里怪氣的，他平時都很認真工作喔，不過一看到妳就開始發呆。」

他滔滔不絕地說著，長滿青春痘的臉上洋溢著親切的笑容。我不知該作何反應，只能含糊地發出「喔」和「嗯嗯」之間的聲音。

「不過我還真是意外，你們是什麼時候認識的啊？妳應該是學生吧？幾歲了？」

「呃，那個，十九歲。」

「喔喔，年輕真好。我說啊，妳還是重新考慮一下比較好吧。」

「……啊？」

「對妳來說，坂口應該算是大叔了吧？他這個人還不錯，可是有點完美主義，或者該說是神經質，譬如這種工作……」他指著推車上堆積如山的書本。「他都要很久才能做完，已經放在書櫃上的書他也會仔細地整理，看到同一作者的書沒有放在一起他就受不了。可是我抱怨之後反而被上司教訓，叫我要好好學習坂口。」

要我說的話，我覺得坂口才該學我偶爾偷懶一下。總而言之，交這樣的男朋友一定會很辛苦喔。要不要考慮我看看啊？啊哈哈，開玩笑的啦……」

「那個……」我盡量不讓對方覺得我不想聊下去，但我的音量還是不禁提高了一些。「那他現在……」

「妳說坂口啊？他走了喔。」

對方回答得太乾脆，我過了一下子才會意過來。

「呃，他是幾點走的？」

「大概一個小時前吧。他今天好像有什麼事，所以早退了。」

「那他現在在哪裡……」

對方可能從我的臉色看出嚴重性，睜大眼睛說：

「不用這麼緊張啦。妳要不要打電話去他家看看？」

「……我不知道他的電話號碼。」

「好好好，我立刻去幫妳查。妳在這裡等一下喔。」

「可以的話，也請幫我查一下他的地址。」

聽到我的追加要求，對方揮揮手說「知道了知道了」。

「幹得好。」

從頭到尾都在旁邊裝成普通客人的瀨尾喃喃說道。他那隔岸觀火的冷靜態度讓我莫名地氣惱，但這只不過是在遷怒。

沒過多久，那個親切健談的館員就回來了，他交給我一張寫在圖書館使用規約背後的電話地址，然後眨著一隻眼說：

「我是不太清楚你們的事啦，感覺好像在演連續劇呢。」

我囁嚅地道謝之後，幾乎是用衝的離開了圖書館。瀨尾像影子一樣跟在旁邊。

「先打電話過去看看吧。」

我走到公共電話前，回頭向瀨尾說道。他只是歪著腦袋，沒有回答。

話筒之中傳來了鈴聲，那單調的聲響彷彿不打算停止。我的心跳越跳越快，越跳越激烈。

「……沒人接。」

我對著話筒喃喃說道，瀨尾還是沒有回答。

響了幾十聲之後，我如同對待易碎物似地小心翼翼掛上話筒。我沒辦法繼續聽著那枯燥的機械鈴聲。沒有人回應這個聲音，在空無一人的房間裡，只有電話鈴聲不停地響著……

「說不定……」我突然對瀨尾說。「最後什麼都不會發生吧。」

這個樂觀的念頭突然占據了我的思緒。沒有實現的約定，無法達成的目標，放棄尋死的自殺者，這三者的數量鐵定多到不可勝數。寫了遺書的人不見得一定會照著計畫自殺。這個人搞得我如此驚慌，連瀨尾都被扯進來，結果那人其實一直在某處活得好好的，然後我再來大肆抱怨一番……這種情況也不是沒有可能。

「是啊，或許什麼都不會發生。」瀨尾平靜地點頭。「也可以試著這樣想：如果妳的朋友沒有撿起掉到桌下的信，妳就永遠不會知道坂口亮這個人的存在了。某件事在妳不知道的情況下發生，和沒有發生過這件事也沒多大差別。這就像是妳故事中的萊卡的鈴聲，在萊卡這個唯一的聽眾死去之後，不管鈴聲響得再好聽，都跟沒有聲音一樣。不是嗎？」

我愣愣地聽著瀨尾這番話，然後無意識地輕輕搖頭。

「我已經看到那封信了。」

我的聲音不知為何有些沙啞。

「是啊，妳聽見鈴聲了，所以現在就放棄還太早，不是嗎？」

「……你說得沒錯。」

我回答時的表情一定很扭曲，看不出來是哭還是笑。瀨尾說得一點都沒錯，我已經聽見了在黑暗中響起的細微鈴聲，不管是要找尋還是怎樣，都得繼續朝著聲音的方向前進。

現在沒空讓我樂觀地逃避，或是悲觀地退縮了，現在我該做的、我能做的事只有一件。

「瀨尾，我們用跑的吧。」

聽我這麼說，瀨尾點點頭，我們兩人立刻飛也似地跑起來。摻雜著雨水降下的雪不知何時只剩下雪花。

13

門鈴在屋內悶響著。

瀨尾站在離門口稍遠的距離，把合攏的雨傘在地面敲了敲。冰冷的水漬在水泥地上擴散開來，匯入了雨雪積成的水窪。

我們沒有費多少功夫就找到了紙條上的地址。那是一棟取名為「合作城堡」的公寓，但是看起來一點都不像城堡，反而顯得很簡陋，好像十天前還在搭骨架，今天就已經蓋好似的。牆壁似乎很薄，卻潔白到發亮，像是為了這誇大的名稱所做的彌補。

坂口亮的房間在二樓最後面。我聽著屋裡傳出來的鈴聲，同時觀察著四周：大門是便宜的夾板做的，好像衝撞個兩三次就能撞出一個大洞——如同動作片裡經常上演的那樣。門邊放著一臺洗衣機，旁邊放著一袋用超市塑膠袋裝的垃圾，從敞開的袋口可以看見破瓶子、木屑、碎布之類的東西。

我的視線繼續不安定地游移，最後落在簡便的塑膠門牌。上面用練習簿一般端正的字體寫著「坂口亮」，左邊併排著另一個名字「恭子」。恭子。我口中念念有詞。坂口恭子。

我又按了一次門鈴。這大概是我第十幾次按門鈴了，但我也沒有數，所以不太確定究竟按了多少次。我早就看出屋內沒人，但我只能站在這裡等著某事發生，等著事態變化。至少我是這麼認為的。

沒想到變化這麼快就出現了。

「喂，你們兩個。」

高亢的聲音從後方傳來，我驚訝地望向欄杆，立刻看見一片亞熱帶花朵、藤蔓和小鳥的圖案。那是一把花俏到誇張的雨傘，充滿了紅色、綠色和橘色，那色彩繽紛的防水布下方是一張小巧白皙的臉龐和纖細的軀體。

那人穿著一件貼合那嬌小身軀的高領黑毛衣，還有黑色牛仔褲，外面是一件象牙白長外套，頸部隨意圍著一條千鳥花紋的圍巾，小小的頭上戴著黑色貝雷帽。這一身黑白配的服裝很有整體感，卻又絲毫不顯得樸素。雨傘色彩鮮豔當然是理由之一，更關鍵的是那令人印象深刻的端整五官和大波浪長髮，長達腰間的頭髮是烈火般的紅色，而且那雙看著我的眼睛似乎充滿了敵意。

我愕然地低頭看著她。我見過這個人，那已經是三個月前的事了，而且我們只有那一天見過面，但我一直沒有忘記她。

「小茜……」

我喃喃說道。還好我的聲音沒有傳進她的耳中。

「你們在那裡做什麼？」她的語氣很凶。「那間屋子現在沒人在。」

我緊張地嚥著口水。我只發呆了一下就回過神來。

「我知道裡面沒人，但我必須立刻聯絡到這家人。」

鮮豔的雨傘旋轉一圈。

「為什麼？妳認識這家人嗎？」

「不算認識。」我在情急之下提高了音量。「但我非得立刻找到他們不可。」

「到底是為什麼？」

她的眼中浮現出惡意的光輝。

「因為……」

我欲言又止。那件事可不能隨便告訴別人。小茜似乎注意到我手上的東西，便指著布偶說：

「那是什麼？綿羊嗎？」

她的嘴角帶著一抹輕蔑的笑容。

「我想要那個，給我。」

小茜直直伸出右手。不知道她是否聽見了我遲疑的一聲「咦……？」，總之她又愉快地補了一句：「妳把那個給我，我就告訴妳這家人現在在哪裡。我知道喔。」

「真的嗎？」

我驚訝地叫道，但瀨尾輕輕抬手制止了我，對她說道：

「不好意思，我們沒有時間陪妳開玩笑。請妳快點過來開門……恭子小姐。」

14

我坐在暖爐桌前，用混亂的腦袋思考著。十月上旬，站在秋風之中，紅色長髮隨風飛揚的她。在中庭停下腳步，回首望向我的她。掛著高傲笑容、對我出言不遜的她。

那個小茜為什麼會是坂口恭子？還有，坂口恭子是坂口亮的什麼人？

「我是他妹妹。」

我誠惶誠恐地詢問之後，她一臉不悅地這樣回答。

「那妳的哥哥現在在哪裡……？」

「當然還在上班啊。是說你們到底要幹麼？隨隨便便跑到不認識的人家裡，未免太沒常識了吧。」

小茜癟著擦了口紅的嘴脣，尖酸地批評。

「說我也就算了，但妳應該認識她吧？」瀨尾指著我說。「因為妳曾經專程跑去她的學校，為了查明入江駒子是怎樣的人。」

「為什麼？」

對於我的疑問，小茜……不，坂口恭子只回以哼的一聲。

「在第一封信裡，有不少地方顯然是從小茜的視角看到的事，妳不覺得很奇怪嗎？如果小茜是和坂口亮很親近的人，自然會知道這些事。一開始是哥哥先收集妳的資料，而妹妹碰巧發現之後，也開始對入江駒子這個人產生興趣，因此決定去妳的學校看看……」

「你用不著幫我美化。」坂口恭子打斷了他。「你大可直截了當地說，妹妹不是碰巧發現哥哥的祕密，而是偷看了哥哥的記事本，而妹妹探查回來之後就對哥哥說『哥哥喜歡的人平凡得很，沒什麼特別的，幹麼老說這些無聊事』。」

她和以前一樣一點都沒變，說話還是這麼難聽，奇怪的是我並不覺得生氣。我模模糊糊地想起瀨尾寫給我的感想之中的一句話——「嫉妒」絕對是最煎熬的一種感情。

那句話浮現在我的腦海，也浮現在她的身上。她的高傲、劍拔弩張，以及行事詭譎的背後，還隱藏著其他感情。

「我剛才也說過，我們沒有太多時間，所以我就開門見山地說了。」瀨尾直接說道。「妳的哥哥今天用某種方式把一封信交給入江小姐，從信中的語氣看來，他很有可能打算自殺，而且是在今天之內。」

他回頭望著我，像是在要求我證實此事，我立即點頭。坂口恭子緩緩地眨眨眼。

「開玩笑吧。」

她簡短地說道。

「我也希望是這樣。」

「我是隨便說的。哥哥才不會開這種玩笑。」

「那他就是認真的了。」

「剛才我們先去了圖書館。」我插嘴說。「其他館員說他提早一個小時走了。妳想得到他會去什麼地方嗎？」

「妳突然這樣問我，我怎麼會知道嘛。」

坂口恭子的臉上第一次出現害怕的神色。

「冷靜點慢慢想。他最近有沒有說過什麼奇怪的話？家裡有沒有少了什麼東西？」

聽到瀨尾這麼一問，她開始四處張望，最後視線停留在衣櫃的上方。

「船……不見了。」

「船？」

瀨尾和我同時發問。

「玻璃瓶裡的帆船模型，好像叫作瓶中船吧？那是我們死去的爸爸的興趣，以前家裡有很多，但是搬家以後沒有地方放，所以不是送人就是丟掉了。哥哥只留了兩個特別喜歡的，放在衣櫃上當裝飾。」

「那兩艘船都不見了嗎？」

「不，只有一艘。另一艘是在去年我和哥哥吵架的時候掉到地上摔破的，早就不在了。哥哥很喜歡那艘船，所以難過得要命。他經常說，那真是一艘漂亮的船，真想搭著這樣的船去很遠的地方。」

「……我大概知道不見的船在哪裡。」

瀨尾喃喃說著，起身走出屋外，沒過多久又回來了，手上還提著超市的塑膠袋，我一看見就想起那是放在門邊的不可燃垃圾。坂口恭子看到那個塑膠袋就皺起眉頭。

「在這裡。」

我往裡面望去，真的看到一艘零零碎碎的帆船悽慘地躺在破掉的玻璃瓶裡。

「屋內沒有玻璃碎片，所以他應該是把船拿到外面，放在地上敲破，而且是裝在塑膠袋裡敲的。」

「為什麼哥哥要這樣做？」

「是暗號。」瀨尾簡潔地回答，然後轉頭看著我。「那些信是給妳的暗號。」接著又轉向坂口恭子。「而瓶中船是給妳的暗號。」

坂口恭子沉默不語，交互望向破碎的帆船和那艘船原本放置的位置，最後才囁嚅說道：

「我大概知道哥哥去了什麼地方。」

15

「我們現在要去哪裡啊？」

我提出疑問是在電車喀啦一聲發動之後。天色已經變暗，車窗被乘客呼出的空氣染上一片白，隔著玻璃窗可以隱約看到閃爍的霓虹燈掠過，一開始只是慢慢的，後來快得有如飛馳。

坂口恭子一直低頭不語，她長長的睫毛在每次眨眼時就會晃動。我此時才發現自己一直在看她，不禁有些愕然。坂口恭子沒有抬頭，過了一下子才低聲回答：

「橫濱。哥哥很喜歡船，前陣子還說想看海港。」

「那是什麼時候的事？」

「大概一週前吧。」她猛然抬頭，眼中浮現了恐懼的色彩。「開車是不是比較快？」

「不會的。」瀨尾冷靜地否定。「在這種時間，天氣又這麼差，路上多半會塞車，所以搭電車一定比較快。」

她大概是放心了吧，又低下頭去，玩起自己的手指，彷彿忘了我們兩人的存在，因此當她喃喃開口時，我還以為她是在自言自語。

「他就是這種人，無可救藥的浪漫主義，個性認真，又很會鑽牛角尖，在這種時候鐵定會跑去看海港的。」

「妳是在說妳哥哥嗎？」

「妳可別自作多情，我先把話說在前頭。」她突然抬頭說道。「哥哥不是真的喜歡妳，他只是把妳當成妹妹的代替品。」

「妹妹？」

「對，理想的妹妹，因為我是個不及格的妹妹……雖然他沒有親口說過，但他不說我也知道，他對我很失望，因為我是這樣的妹妹。但我又能怎麼樣呢？我就是這副德性嘛。」

「我哪裡理想了啊？」

我驚訝地問道，她卻嗤之以鼻。那是一種看不起人的笑容，但我感覺這只是一層薄薄的面具，用來掩蓋她笑著哭泣的臉。

「妳一定不記得十年前的事了吧。哥哥還在讀大學的時候，在路邊救過一個差點被車撞到的孩子，然後他牽著那個哇哇大哭的孩子，把她送回家。那女孩的胸前掛著附近一間小學的名牌，而哥哥就把那個名字牢牢地記了下來。我想一定是因為我們的父母才剛車禍過世不久，他才會對這個孩子印象特別深刻。他當時經常對我說：『恭子，我們因為車禍而失去了父母，但我卻救了另一對父母的小孩，世界就是這樣維持平衡的呢。』每次聽到哥哥這樣說，我都會反駁『哪裡平衡了？』，這根本一點都不公平。但是哥哥聽到我這麼說就會很難過，說：『恭子，那是個跟妳一樣年紀的女孩耶。』」

我聽到一半，忍不住「啊」了一聲，但她沒有注意到，還是一個勁地說下去。

「畢業之後怎麼了呢？」

發問的是瀨尾。

「在其他地方工作。」她回答瀨尾時比和我講話時客氣了一點。「圖書館在九月開張以後，他才換到那邊工作。」

「結果就在那裡碰到了以前救過的女孩？」

她沒有回答，只是輕輕聳肩，然後專心盯著窗外好一陣子。白茫茫的玻璃滑下了幾滴水珠，從窗外掠過的昏暗風景變成了奇特的抽象畫。

「當時的那些話就像在說我。」

坂口恭子冒出了這句話。

「妳是指什麼？」

我低聲問道。

「當時妳們一群人在鞋櫃旁邊聊天，說到煞車壞掉、車子衝下坡的事。我覺得那就像是在說我。」

這不是真的。我們當時聊到的是熱衰竭現象，因為陡降的坡道和頻繁出現的彎道會讓人心生畏懼，不斷踩煞車，最後煞車就會突然失靈，或是漸漸地失靈。

我心想，與其說是像她，這更像在形容坂口亮現在的狀態。

「妳的朋友，那個長頭髮的女生。」聽到這句話，我立刻明白她指的是小愛。

「我從鞋櫃旁邊經過時，她一直盯著我看，好像在說『妳在這裡做什麼』。」

我沒辦法說出「妳想太多了」，也說不出其他的話。她也在害怕，她也受過傷，不過……

汽車。失控的汽車。這讓我不得不想起發生在那個十字路口的車禍。

「妳哥哥會有這樣的念頭……」我雖然遲疑，但還是說了出口。這是無可避免的問題。「妳知道是為什麼嗎？」

她似乎稍微睜大眼睛，然後沉默地搖頭。我繼續說道：

「一年前的今天，宮下町的十字路口發生了一起車禍，肇事者逃走了，受害者是小學男生，他是當場死亡的。妳的哥哥好像以為妳就是那個肇事者。」

坂口恭子聽得瞠目結舌，過了好一會兒才啞聲說道：

「哥哥在信上這樣寫？」

「他沒有直說，但是我想多半沒錯。妳哥哥打算自己背負所有的責任，為了保護妳。」

「不是的……」

她說得非常小聲，我問了一句「啊？」，接著她用足以驚動其他乘客的響亮音量喊道：

「不是的，不是我做的！」

16

警笛聲從遠方傳來，拖著長長的尾音掠過，像是在黑暗中響起的一聲哀號。

「這樣我就懂了，哥哥就是從那個時候開始變得怪怪的。去年聖誕前夕，我的確偷偷把哥哥的車子開出去，而且還撞壞了保險桿。隔天哥哥問我車子是怎麼回事，我就騙他說我不知道。可是，我真的沒有撞到小孩。」

「那妳為什麼不告訴他實話？」

「我很怕嘛。哥哥存錢存了很久，好不容易才買了新車，而且……」

她越說越小聲。

「而且妳不是自己一個人。」

瀨尾接了下去，語氣之中沒有責備的意思。她不悅地點點頭。

「就是這樣。所以你們明白了吧，我根本說不出來。結果哥哥當天就把車子開到某處撞爛，然後就報廢了。他明明很珍惜那輛車的。」

「就像摔破他最寶貴的瓶中船一樣。船不是有兩艘嗎？那第一艘是怎麼壞掉的？」

「我說過了，是因為吵架，因為哥哥一直問我是不是經常去宮下町，煩都煩死了。我還以為哥哥指的是我那個住在宮下町的男友，沒想到他竟然有那麼大的誤會。現在我明白他為什麼會有那些奇怪的表現了。原來哥哥一點都不相信我。」

「那妳是怎麼回答的？」

我好奇地問道。

「我只是跟他裝蒜，說『我沒有去過宮下町』，結果他還是不相信我，我一生氣就把船摔壞了。」

「妳剛才還說是掉到地上摔破的……」

「少囉嗦。是怎麼壞的又不重要。」

她不高興地別開了臉。我輕輕嘆了一口氣。坂口恭子老是說謊，所以她身邊的人一定很難分辨，她說的是真話？還是假話？哪一句是事實？哪一句是謊言？

「那妳哥哥呢？他怎麼說？」

「他只說『我知道了』，但是他根本不相信，還是一直懷疑我。因為他是個膽小鬼，所以沒有繼續問下去。」

「至少妳哥哥是想要保護妳的，雖然他用的是錯誤的方法。」

聽到這句話，坂口恭子瞪著瀨尾說：

「誰要他保護了？我才不希望他用那麼沒出息的方法保護我。」

瀨尾輕輕地聳肩。

「或許他真的很膽小，承受不了重要的事物被毀壞的打擊，所以才想在東西被毀壞之前自己親手解決。可是他不能傷害自己的妹妹，只好把這種破壞的衝動轉向自己身上。」

「這真是……蠢斃了。都是他自己誤會了。」

「妳對他說了謊，所以妳也得負一部分的責任。」瀨尾的表情變得很嚴肅。「你們還記得挑戰者號發生意外的報導嗎？當時所有的報章媒體都刊登了一張照片，後來這照片引發了不少問題。照片旁邊附註『太空人的家人目睹意外發生，悲痛不已。』，後來家屬提出抗議，說照片上拍到的是他們相信發射成功時的開心表情。所謂的先入為主就是這麼回事，既然開心可以看成悲痛，白的可以看成黑的，他從妹妹的臉色之中自然也能看見不存在的鬼魂。」

坂口恭子把臉轉向車窗，再次陷入沉默，一盞盞掠過的路燈將她的臉龐照得明滅不定。因不幸的巧合而發生的誤會，幾個小小的謊言，揮之不去的懷疑，就是這些東西造就了兄妹的分歧，使得兩人的裂痕逐漸加深。

這確實很愚蠢，甚至有些滑稽，而我當然完全笑不出來。

「瀨尾，真凶現在又是什麼情況啊？」

我憤慨地說道。一想到應該承受真相壓力、應該接受懲罰的真凶還在某處安然地生活，我就覺得無法容忍。瀨尾輕輕地點頭。

「……說到真凶的情況嘛，肇事逃逸者應該有一定程度的社會地位，有家庭，而且個性多半正經又膽小。因為膽小得承擔不起害死別人的事實，又有太多東西需要保護，最直接的反應就是逃避，也就是說，踩下油門，盡速離開現場。」

「他不可能逃一輩子的。」

這是瀨尾以前說過的話。他大概也意識到了吧，所以點點頭，一臉凝重地說：

「是啊，他絕對逃不開那個十字路口。」

電車前進的方向出現了一團像荷包蛋似的黃色光芒，那是迎面而來的電車。電車越接近，那團黃光就像破掉的蛋黃漸漸擴散，最後帶著轟隆隆的噪音飛馳而過。

沒過多久，我們這班電車開進了橫濱站的月臺，我們在那裡換車，又坐了三站，途中沒有一個人開口。除了有一次我在車門打開時喃喃說了「啊，摩天輪」，瀨尾附和著「對耶」。我們的對話就只有這些。

現在差不多是晚上六點。我們彷彿是要反抗撲天蓋地而來的夜色，跑下車站的樓梯。車站周圍比想像得更暗，雪下得越來越大，因為飽含了水氣，雪花感覺變得更重了。

我們很幸運地立刻叫到了計程車，坂口恭子迅速說完目的地，司機便默默地踩下油門。不知道他本來就是沉默寡言的人，還是不高興我們要去的地方太近，或者兩者皆是。

「以前我們經常一家人去那座公園玩。」坂口恭子突然開口。「那是很久以前的事了，在我父母都還活著的時候。爸爸說，那艘大船（註18）會去很遠很遠的國度，我聽了還很感動。真是蠢斃了，其實那只是港內的觀光船，但是我當時真的信

18　指大型豪華客輪冰川丸號，一九六一年退役之後一直停靠在橫濱山下公園。

了。哥哥笑著說我很像紅鞋女孩（註19），爸爸覺得很有趣，就讓我在紅鞋女孩雕像前擺出和她一樣的姿勢拍照留念。我到現在還留著那張照片，很白痴吧？」

車上靜悄悄的，只能聽見雨刷在擋風玻璃上來回掃動的奇特聲音。我在想她是不是哭了，偷偷轉頭一看，她並沒有哭，反而還露出淺淺的微笑，像個懷著幸福夢想的少女。

結果反而是我哭了。

計程車開了一陣子，然後靜靜地停下來，坂口恭子如疾風般衝出去，坐在副駕駛座的瀨尾轉頭看我，像是在叫我先下車。我一邊盯著坂口恭子的去向，一邊在意著瀨尾，這時我第一次聽到司機的聲音。

「記得拿雨傘喔，小哥，別讓女孩子們感冒了。」

他的語氣聽起來不太客氣，說的話卻很體貼。

公園的時鐘正好走到六點整。強勁的海風吹來，我冷得縮起身子，沒有遮蔽的臉頰凍得發疼。風中夾帶著海水的味道。

令我意外的是，公園裡充滿了炫目的點點光芒。那是橫濱的冬季燈飾，停在岸邊的觀光船和公園的樹上都華麗地裝飾了各種色彩的燈泡，如果是在天候較佳的

19　紅鞋女孩「佐野きみ」生於靜岡縣，詩人野口雨情將她的故事寫成了童謠〈紅鞋子〉。

季節……不，就算是冬天，只要是天氣尚可的夜晚，公園裡一定到處都是情侶的身影，但現在只有稀稀落落的幾個人。

我們快步趕向坂口恭子跑走的方向。她的哥哥坂口亮真的在這座公園裡嗎？如果她猜錯就完了，也不用再找了，因為來不及了。

當我害怕地想到這個不祥的念頭時，瀨尾突然拉住我的手腕。一陣斷斷續續的旋律隨著海風隱約傳來。那是口哨的聲音。

穿紅鞋的女孩

隨外國人而去

細微的口哨聲反覆吹著同樣的旋律。距離我們五公尺的前方，是坂口恭子站在風中長髮飄散的背影，更遠處的長椅上坐著一個低著頭的人。

「哥哥！」

如稚齡少女般的聲音喊道。口哨聲戛然而止。

「哥哥！」

她一邊叫，一邊跑，連頭上的貝雷帽在途中被風吹落了也渾然不覺。華麗燈飾的光芒，綿綿不絕的雪花，朝著他們兄妹倆傾注而下。

17

——雪是從天上寄來的信。

以前有個物理學家說過這句很美的話，改成現代的說法，就是從宇宙傳送來的訊號。其中隱含著怎樣的訊息？而我們又該如何解讀？

我們悄悄地離開現場。瀨尾見我還一直在擔心他們，就說：

「別擔心，人往往比我們想像得更堅強。不過還是有可能感冒啦。」

人有時也會脆弱得超乎想像。我心想，這就是人吧。不過，坂口亮現在應該沒事了，因為現在有妹妹恭子陪著他。那對兄妹之間已經出現了轉機，那是新的通訊，新的聯繫。

我舉起綿羊布偶以示同意，那呆呆的叫聲在夜晚的公園響起。瀨尾聽得哈哈大笑。我很喜歡這種清澈的笑聲。

「古時候住在美索不達米亞的蘇美牧羊人把星星稱為天上的羊。整個夜空都是羊群。」

我們一起抬頭仰望。棉絮般的雪片飛舞在街燈照亮的空間。我開心地大喊：

「有好多羊飄下來了。」

「對耶。」

「糟糕，掉到海裡的羊會怎麼樣呢？」

「不用擔心，牠們可以用羊爬式橫越太平洋。」

瀨尾開玩笑地說道，我們兩人又笑了出來。風從海面上帶來了濃濃的潮水味。

坂口亮到底想搭著那艘瓶中船去什麼地方呢？

船航行在海面

真想去其他國家看看

兒時唱過的童謠突然浮上心頭。我看並肩而行的瀨尾說道：

「你小時候聽過這首歌吧？『鱂魚兄弟在河裡，長大之後會變成什麼？』鱂魚想要變成鯉魚或鯨魚，結果長大以後還是鱂魚。」

「就是說啊。」瀨尾附和道。「鯉魚也就算了，鯨魚可是哺乳類動物，魚類再怎麼樣也不可能變成哺乳類的。」

我訝異地看著他的側臉，他似乎是認真的。這個人有時候還真有趣。

「……我要說的不是這個啦。」我忍著笑說道。「為什麼人長大之後一定要變成怎樣呢？」

「不需要變成什麼吧，像現在這樣就好了，因為妳就是妳啊。」
聽到這句話，我一定臉紅了。還好現在一片漆黑，不用擔心被人看見。
「呃，我要說的意思跟這個不太一樣啦。我們無論如何一定會變成大人吧？年紀一定會漸漸增長，沒辦法一直停留在童年時代，旋轉木馬是不會逆轉的。」
「妳說的是布萊伯利的《闇夜嘉年華》吧。」（註20）
我看看瀨尾，然後笑著點頭說「是啊」。
「沙林傑的《麥田捕手》最後也有寫到旋轉木馬。妹妹菲比騎在木馬上，而霍爾頓在一旁看著她。我好喜歡那一幕。」
「走吧，現在就去。」
瀨尾突然說道。
「去哪裡？」
「遊樂園啊。」
他回答的時候，笑得像孩子一樣燦爛。

20　原名《Something Wicked This Way Comes》，書中有一種能讓人改變年紀的旋轉木馬。

18

散發著彩色光芒的巨大摩天輪緩緩地旋轉。我們經過收起船帆、彷彿睡得正香的船，走進了遊樂園。園內也充斥著海水的味道。

這間營業到晚上九點的遊樂園雖然不大，設施卻很齊全，摩天輪前面有一些人在排隊，不會被下雪影響的遊樂設施都還在運作。

最靠近海邊的角落，有一座看起來帶有魔力的旋轉木馬。藍色、白色、粉紅色、棕色的木馬隨著音樂的節拍輕盈地轉動。背景音樂播放的當然是〈乘著旋轉木馬〉。木馬的動作逐漸變慢，一曲音樂就快要結束。

瀨尾對我說「去坐吧」，而我卻臨陣退縮。

「可是……我已經不是小孩了。」

「是啊，妳不是小孩。」瀨尾笑著說。「但妳也不是大人。沒錯吧？所以沒關係啦。」

他拍拍我的背，我慢慢地走過去。收票的叔叔一直盯著我看，但也沒說什麼，只是默默地幫我撕下一張粉紅色的乘坐券。我走上矮矮的幾階樓梯，思索著要騎哪一匹馬。我穿的是褲裙，要跨在馬上有點尷尬。仔細考慮之後，我坐進一輛小小的馬車。像是灰姑娘搭乘的南瓜馬車。

地板下的機械喀喀作響，十幾匹不同顏色的木馬和四輛馬車同時動了起來，還伴隨著歡樂的音樂。

「出發，前進！」

仗著沒有其他客人，我搖著懷中的綿羊高聲叫道。此時，我突然被自己的這句話點醒了。

我經常作的夢並不是「逃脫」的夢，其實那不是匆匆忙忙地逃跑，而是準備朝某處出發吧？沒錯，那是「出發」的夢。這只是微不足道的小事，卻讓我的心整個開朗了起來。

木馬隨著音樂緩慢地升降、旋轉。瀨尾背對著大海站在下面，撐著一把破了小洞的雨傘。他看見我揮手，就用搞笑的動作搖晃起雨傘，我一個人笑著，同時感到胸中有些發疼。

我以前也曾像這樣感到胸疼。就是當我看到毛利先生在奮進號太空梭上所做的「宇宙教學」的時候。那是給日本小學生看的節目，畫面是直接從太空梭傳送回來的。

當時我緊緊地守在電視機前等著節目開始，螢幕上依次出現了北海道余市和東京的孩子們，還有關於太空梭及宇宙空間的漫長說明，好不容易等到了預定的通訊時刻，在我緊張又期待的注視下，ＮＨＫ的女主播用流利的英語說著：

「哈囉，奮進號。哈囉，奮進號……」

這裡是東京的NHK電視臺。這句話一再重複，令我胸口發疼的沉默仍然持續著。女主播很有耐性地繼續對麥克風說話，最後我終於聽見了。

「……哈囉，這裡是奮進號。」

第一句回覆帶著很大的雜音，但還是清晰地傳到了地球，傳到了我們所居住的這顆星球。

地球持續地旋轉，一天自轉一圈，一年公轉一圈，轉啊轉，轉啊轉，不停地轉動。而木馬也在旋轉，轉啊轉，轉啊轉。在旋轉的地球之上，是旋轉的木馬。這真是複雜又奇妙的旋轉運動。

在深邃的海底降著海洋雪（註21），在未知的宇宙中飄降著中微子，而地面上也降著雪。降在摩天輪上，降在旋轉木馬上，也降在撐著傘的瀨尾身上。

只要再一下，很快又能看見瀨尾的身影了。我向視野之外的他拚命送出訊號。

哈囉，奮進號。這裡是駒子。我的聲音能傳達嗎？這裡是駒子。聽得見嗎？

我一再重複。哈囉，哈囉，哈囉……哈囉，奮進號。

直到平流層之外、范艾倫輻射帶之外、宇宙塵埃之外、小行星之外的遠方傳來

21　像雪花一樣不斷沉降的有機物碎屑。

他的回覆為止。直到太空梭搭乘員充滿雜音的回答傳到我耳中為止。

一次又一次地，我對著看不見的麥克風喃喃說著。

哈囉，哈囉，哈囉，哈囉……

哈囉，奮進號！

「不是邏輯，而是魔法。」

有栖川有栖

加納朋子以《七個孩子》（一九九二）榮獲第三屆鮎川哲也獎之後正式出道。本書就是眾所期待的得獎作品系列作。

在《七個孩子》的一開始，駒子讀了佐伯綾乃這位童話作家的書之後深受感動，因此寫信給作者。那是一本帶有懸疑風格的童話故事，一位名叫「疾風」的少年在生活中碰到種種奇妙事件，而神祕美女「菖蒲小姐」經過分析推理，將隱藏在事件背後的真相和意義告訴少年。駒子在信中寫下了她對這本書的感想之後，也順便提起了發生在自己生活中的怪事，而佐伯綾乃回信致謝時，也一併解開了讓駒子百思不得其解的謎團。兩人七次書信往來，解開了七個謎題，而最後一章更是貫穿了前面六篇故事——如同把零散的珍珠串成一條項鍊——帶出了另一個隱藏的故事。七篇精彩的篇章——而且各自包含了一些懸疑童話的成分——湊在一起組成了貫穿全書的另一個故事，還有在最後才揭穿書名《七個孩子》的意義，這些構想真是巧妙至極。我很驚訝這本書竟然是加納朋子「有生以來第一次寫的小說」，天分這種東西真是羨慕不來啊。

※

本書是《七個孩子》的續集，或者該說是系列作的第二集，主要人物和前一集大致相同，也承襲了用幾則短篇組成長篇的結構。這次是駒子寫了類似小說的信件，寄給在第一集之中認識的瀨尾，然後瀨尾回信解開她寫在故事中的謎題，看起來和前一集還是同樣的模式，但加納朋子並不只是用新瓶裝舊酒。除了瀨尾解謎的回信之外，本書更引人注目的是夾雜在每一章之間的奇怪信件。我們無從判斷那是誰寄給駒子的信，以及他想說的是什麼。在最後一章真相大白之前，讀者想必都被吊足了胃口，這正是讀懸疑作品的樂趣啊。此外，當讀者理解那些奇怪信件的意義之後，鐵定又會讚嘆作者安排故事架構的匠心獨具。

※

瀨尾扮演的是偵探角色，而且他只憑駒子的來信就能挖掘出真相，也就是所謂的安樂椅偵探。他雖然只能得到和讀者一樣多的線索，還是有辦法高明地解開所有謎題，因此這對作者而言是非常困難的挑戰，故事必須有巧妙的伏筆，以及極富說服力的論點，但加納朋子完美地達到了這些要求。舉例來說，在〈秋天的叮叮聲〉裡，瀨尾連駒子寫到小茜按著自動鉛筆的敘述都沒有漏掉，真的很厲害。邏輯性是本格推理的必要條件，卻時常被人忽視。光看這一點，加納朋子的作品就令人非常滿意了。

※

不過……

※

同樣是邏輯，熱愛大談邏輯的艾勒里・昆恩及其追隨者（順帶一提，邏輯派多半是男性，克里斯蒂安娜・布蘭德是極少數的例外）的邏輯，和加納朋子所展現的邏輯，兩者之間還是有很大的差異，而這種差異恰恰說明了加納朋子的特色。

究竟是哪裡不同呢？昆恩之類的男作家所標榜的邏輯是一種用來戰勝敵人的「武器」，偵探的邏輯往往可以決定別人的生死。因此故事成了一種競賽，調查案件成了凶手和偵探之間的鬥智。會在書中加入「給讀者的挑戰」這種煞風景內容的通常是男作家，這不正顯露出了他們好鬥的性格嗎？（不過讀者通常會覺得這是一種可愛的天真。）還有，再怎麼溫和的男孩子都喜歡玩摔角遊戲，這也透露了男性可悲的天性。（當然也有女孩子喜歡玩摔角遊戲。）相較之下，加納朋子的邏輯推理就像「魔法」一樣，她的邏輯不是用來打倒誰的。我在讀她的作品時，深深感到「這麼奇妙的謎題竟能如此順暢地解開，真是太奇妙了」，因此，把她的邏輯稱為魔法是很適切的。這和布朗神父的風格有異曲同工之妙，說到這個，加納朋子的確很喜歡G・K・卻斯特頓。

※

我特別喜歡和本書同名的第三章〈魔法飛行〉。這篇故事描寫了「相信異常事物存在的男人」和「希望能接受任何一種非現實事物的女人」，抱著粉紅色花束飛向情人的男人，以及雖然吃驚仍然張開雙臂迎接他的女人。加納在這裡引用了夏卡爾的版畫作品「魔法飛行」作為關鍵字，沒錯，加納想要描寫的就是魔法。卓見表演的詭計對野枝而言是貨真價實的魔法，而瀨尾解謎的邏輯對駒子而言一定也像魔法一樣。不過，魔法並不是男性專屬的技術，端看野枝接受了卓見展現的魔法，還用奇妙的魔法回應了他，就能證明這一點。不對，最好的證據應該是這本

《魔法飛行》的作者就是女性。邏輯派推理不單單只有男性推理作家愛寫的競爭故事，這本精彩的推理作品同時也是徹頭徹尾的愛情小說。在我看來，這位作者簡直就是個魔法師。

※

艾勒里・昆恩的《倖存者俱樂部》（The Last Man Club）裡面有一段這樣的對話：理查探長對兒子艾勒里的推理佩服得五體投地，不禁叫道：

「簡直就是魔法啊！」

而艾勒里是這麼回答的：

「這不是魔法，而是邏輯。」

這段話讓身為昆恩死忠粉絲的我感動不已。但若換成是加納，或許會這樣反駁艾勒里。

「不對，這確實是魔法。」

※

駒子把瀨尾那罕見的能力稱為「推理力」，瀨尾卻糾正為「空想力」，還把這個詞解釋成「想著天空的能力」。從名偵探瀨尾口中說出的這句話也清楚地表現了加納朋子推理作品的特質：這種魔法和天空有密切的關聯。《魔法飛行》這本書有個隱藏的主題，就是仰望天空、仰望宇宙、仰望又高又遠的某處。首先是太空犬萊卡在宇宙中最後聽見的鈴聲，接著是如煙霧般的鳥群、氣球、ＵＦＯ、夏卡爾的畫，以及毛利衛從太空中傳回來的「哈囉」。駒子的心思飛得又高又遠……不，不只是本書，包括上一集《七個孩子》也是如此：若山牧水的短歌〈白素海鷗形影單〉、天藍色的顏料、被解開束縛輕飄飄地飛上天空的恐龍氣球、播映出一萬兩千年後織女星的百貨公司頂樓的天文館、用輕柔絨毛乘風飛翔的蒲公英種子……看得出來加納真的很喜歡仰望天空。

當加納仰望著她最愛的天空——希望和夢想的象徵——一定也渴望著觸摸到天空、渴望著飛上天空（瀨尾要住在頂樓加蓋的房子或許也是因為這樣）。她朝著無法碰觸的地方伸長了手，期望能夠飛翔，而她飛行的方式就是魔法。「魔法飛行」。

應該沒有另一個詞比作者自己引用的這個名稱更能準確概括加納的作品吧。

※

不過，加納這位年輕女作家的小說並不是像蓬鬆棉花糖一樣甜美的故事，只要是看過她作品的人一定可以理解。若是滿腦子白日夢（或是為了不讓淚水流下）而一直盯著上方，鐵定會摔得鼻青臉腫。駒子對這件事也有非常深刻的體認。她經常因為自己的不成熟而情緒低落，因為逃脫的惡夢而意志消沉，但她還是努力地、堅強地、真誠地過活。她有時會不滿地向現實生活提出質問「為什麼人長大之後一定要變成怎樣呢？」，卻又能把逃脫引申為出發，在自己的心中點亮希望。和駒子一樣「既不是小孩，也不是大人」的讀者，還有已經是大人的讀者，一定都會想要聲援如此積極進取的駒子。

※

看過《七個孩子》的讀者或許會覺得書中的設定和北村薰的作品（如《空中飛馬》、《夜蟬》等等）有很多共通點，譬如女主角都是喜歡閱讀的女大學生，偵探角色都是由年長的男性擔任（一位是落語家，一位是童話作家，兩者都是說故事的人。），而主軸都是女主角的成長。但若把兩者放在一起做對比，會發現作品給人的印象截然不同。北村薰一開始是個蒙面作家，或許是我已經知道他的真實身分才能這樣說（在作品出版時，他的年紀還沒有大到可以當書中女主角的父親。），相較於北村懷著濃厚興趣看著自己筆下女主角日漸成長，加納並沒有同樣看守著駒子。當然，她也不是完全置之不理，她比較像是和駒子手牽著手一起生活（駒子只比加納小了幾歲）。駒子就像是加納本人的生活留下的殘像，因此能帶給讀者和北村作品不一樣的感受。

※

本書的最高潮是駒子為了拯救某人的性命在風雪之中奔跑的一幕。加納的推理作品不是以邏輯作為武器的鬥智，但她魔法般的邏輯一樣能在生死關頭的緊張場面發揮力量。

這一篇以旋轉木馬上的呼喚作為結尾、充滿浪漫色彩的故事確實是毫無疑問的本格推理。

※

在這浪漫氣氛之中，我最後簡單地歸納一下加納朋子想在這部作品之中傳達的訊息。

如果你是男性，別忘了你所愛的女性期待著你「讓她看見魔法」。

如果妳是女性，請相信妳所愛的男性施展的魔法。

若是他表現不佳，妳大可帥氣地親自示範——如同把筆型手電筒當成魔杖的野枝，或是寫了這本如魔法般神奇作品的加納朋子。

後記

自從處女作《七個孩子》出版之後，我就成了會收到讀者來信的作家，這是二十三歲到二十四歲的我還在寫著不知能否出版的《七個孩子》時想都沒有想過的事。這部作品大概真的擁有吸引讀者來信的要素，看到很多讀者都說「我和駒子一樣是第一次寫書迷信耶」真的讓我很開心。我這幾年不太會回信了，對於寫信給我的讀者真是抱歉，但我每一封都會仔細看過。因為工作太緊湊，私人時間也幾乎都沒了，這些個人因素也是我不方便回信的理由之一。

很多來信都寫了令人難過的內容，尤其是在文庫版的《七個孩子》出版之後。我無法在此詳細舉例，但我很清楚每個人都懷著各式各樣的煩惱、擔憂，以及不滿。

——你應該怎樣怎樣做。

——只要如何如何就行了。

如果我能自信滿滿地給出答案不知該有多好，但現實生活並沒有這麼簡單，身為作者的我既當不成「菖蒲小姐」，也當不成「佐伯綾乃」。

我喜歡推理小說，可能就是因為書中一定有答案。就算只是虛構的也好，就算太過巧合也好，只要有謎題，一定會有答案，多麼簡單明快啊。我最愛的就是這種很難在現實世界裡看到的順遂。

本書《魔法飛行》是《七個孩子》的續集。這本書在一九九三年七月出版時，有栖川有栖老師為我寫了一篇精彩的解說。有栖川老師的文章確實施了魔法，讓缺乏毅力、抗壓性低、經常為一點小事陷入消沉的我得到了很大的鼓勵，我之所以能堅持至今（雖然撐得很勉強），其中一個理由就是因為有栖川有栖老師的解說。

這次《魔法飛行》發行文庫版，有栖川有栖老師爽快地答應讓我再次刊登這篇文章，我在此懷著感激之情，將這本書呈獻給他。

二〇〇〇年一月　　加納朋子

逆思流

魔法飛行

（原名：魔法飛行）

作者／加納朋子　譯者／HANA　封面插畫／鄭潔文
發行人／黃鎮隆　副總經理／陳君平
副理／洪琇菁　國際版權／黃令歡
執行編輯／呂尚燁　美術編輯／王羚靈
企劃宣傳／邱小祐
發行／英屬蓋曼群島商家庭傳媒股份有限公司城邦分公司　尖端出版
台北市中山區民生東路二段一四一號十樓
電話：（〇二）二五〇〇—七六〇〇（代表號）
傳真：（〇二）二五〇〇—一九七九
中彰投以北經銷（含宜花東）／楨彥有限公司
電話：（〇二）八九一九—三三六九
傳真：（〇二）八九一四—五五二四
雲嘉經銷／威信圖書有限公司　嘉義公司
電話：（〇五）二三三—三八五二
傳真：（〇五）二三三—三八六三
南部經銷／威信圖書有限公司　高雄公司
客服專線：〇八〇〇—〇二八—〇二八
電話：（〇七）三七三—〇〇七九
傳真：（〇七）三七三—〇〇八七
香港總經銷／城邦（香港）出版集團有限公司
香港灣仔駱克道193號東超商業中心1樓
電話：（八五二）二五〇八—六二三一
傳真：（八五二）二五七八—九三三七
E-mail：hkcite@biznetvigator.com
馬新總經銷／城邦（馬新）出版集團　Cite(M)Sdn.Bhd.
E-mail：Cite@cite.com.my
法律顧問／王子文律師　元禾法律事務所
台北市羅斯福路三段三十七號十五樓
二〇二〇年三月一版一刷

■中文版■

郵購注意事項：
1. 填妥劃撥單資料：帳號：50003021戶名：英屬蓋曼群島商家庭傳媒(股)公司城邦分公司。2. 通信欄內註明訂購書名與冊數。3. 劃撥金額低於500元，請加附掛號郵資50元。如劃撥日起 10～14日，仍未收到書時，請洽劃撥組。劃撥專線TEL：(03) 312-4212 ・ FAX：(03) 322-4621。E-mail：marketing@spp.com.tw

國家圖書館出版品預行編目資料

魔法飛行 / 加納朋子著 ；
HANA 譯.--1版. --臺北市：尖端出版, 2020.03
面 ; 公分.--(逆思流)
譯自:魔法飛行
ISBN 978-957-10-8827-3(平裝)

861.57　　109000799